堅持**3**天
10次學會
基礎日本語文法

為什麼堅持不下去呢？

天底下沒有從不制定計劃的人，
今年夏天要減肥、這次一定要學會日語、今年要多讀點書才行…，
每次都想著「這次一定要做到，就這次一定要做到！」，
最後卻很少有人能真正堅持到最後，
要不然就不會有「三天打魚，兩天曬網」這個俗語了。

但是，三天打魚又如何？
就算熱度只維持三分鐘也好，
總比連試都不試好過千百倍吧？
開始做個三天試試吧！

打魚一階段　三天打魚也行，總之先下定決心開始學吧！
打魚二階段　專注於目標三天，然後就休息吧！
打魚三階段　只要努力十次就行！

一次學習三天、貫徹十次決心！
再次走上日語學習之路！

「我想要在短時間內學到聽得懂又能說。」

這是大家學外語時的共同願望。多數學習者覺得文法困難生澀又無趣，所以想從會話開始學習，但想要用外語溝通，基礎文法必須要紮實學好，能夠好好地運用基礎文法，才能讓句子順暢地串連起來。但是沒做基礎工程便無法蓋房子，在不懂基礎文法的狀態下學習會話句子，不只是會沒效果，更是浪費時間。

本書設計目標為消除日語的初學者、和學習過基礎的日語文法，卻半途而廢的人對文法的恐懼，讓每位學習者都能堅持到最後。本書不是單單要讀者學習文法的理論，也收錄實際生活中真正可以用的句子，這樣才能稱為「像話的」文法書。

「三天打魚」一詞一直以來都給人負面的形象，但三天打魚又如何？做很多遍三天打魚就行啦！透過此書，希望讀者能感受到日語文法的趣味，作者也會陪伴各位讀者進行總共十次的「三天打魚」。

最後在此我要向東國大學李慶哲教授真誠地致上感謝之意，謝謝您總是給我勇氣和鞭策，讓我不放棄追求學問，謝謝教授。

作者　吳采炫

到底要怎麼做才能學好日語的基礎文法？

雖然學了超過一年的日語，卻連基本文法內容都記不起來，一句話都講不出嗎？大家都知道基礎文法要學得紮實，但是堅持到最後不是一件簡單的事。

本書為了替讀者奠定基礎以及找回會話感覺，並且為了不讓各位感到辛苦，僅挑選收錄真正核心的內容。下定決心學個三天吧！

三天學會一種文法
打好日語基礎

本書專門設計給讀者以三天學一次，總共學十次的方法學好日語的基礎文法，無論哪種文法都能在三天學起來。

不需要再為文法複雜而放棄，這次一定能堅持到最後！

名詞與存在動詞

世上的所有東西都有名字吧？名詞中分為人名等的固有名詞，和事物名稱的普通名詞。名詞非常的多，但日語的名詞與中文名詞的用法十分相似，只要花三十分鐘便能輕易地了解怎麼活用。這裡我們也一起來了解代名詞與存在動詞吧！開始進行第一次的三日學習！

Day 1	名詞
Day 2	指示代名詞
Day 3	存在・位置表現

17

★ 用手機掃描QR碼，聆聽免費的例句發音示範。
頁面左上角有QR碼的頁數皆附有由日語母語者錄製的音檔，
可利用手機掃描來免費聆聽，學習如何發音。

1 核心文法第一階段：
簡潔地指出文法的重點。

2 核心文法第二階段：
快速學習第一階段文法的
各種變化。

3 日常生活中會用到的句
子：聆聽用母語發音的常
用句來學習正確的發音。

聽母語發音
QR Code

4 複習用小測驗：
用以確認自己是否吸收學
到的內容的小測驗。

目錄

我的學習確認表 ✦✧

	Day 1	Day 2	Day 3
★ 第一次 三日學習	☐ _____ ☐ _____	☐ _____ ☐ _____	☐ _____ ☐ _____
★ 第二次 三日學習	☐ _____ ☐ _____	☐ _____ ☐ _____	☐ _____ ☐ _____
★ 第三次 三日學習	☐ _____ ☐ _____	☐ _____ ☐ _____	☐ _____ ☐ _____
★ 第四次 三日學習	☐ _____ ☐ _____	☐ _____ ☐ _____	☐ _____ ☐ _____
★ 第五次 三日學習	☐ _____ ☐ _____	☐ _____ ☐ _____	☐ _____ ☐ _____

參考右圖範例，
把學到的內容記錄起來，打勾確認。

	Day 1	Day 2	Day 3
★ 第六次 三日學習	.... □ _____ □ _____	.... □ _____ □ _____	.... □ _____ □ _____
★ 第七次 三日學習	.... □ _____ □ _____	.... □ _____ □ _____	.... □ _____ □ _____
★ 第八次 三日學習	.... □ _____ □ _____	.... □ _____ □ _____	.... □ _____ □ _____
★ 第九次 三日學習	.... □ _____ □ _____	.... □ _____ □ _____	.... □ _____ □ _____
★ 第十次 三日學習	.... □ _____ □ _____	.... □ _____ □ _____	.... □ _____ □ _____

在開始三天打魚前
一定！要知道的
日語發音！

1 學日語從平假名開始！

	あ段		い段		う段		え段		お段	
あ行	あ	a	い	i	う	u	え	e	お	o
か行	か	ka	き	ki	く	ku	け	ke	こ	ko
さ行	さ	sa	し	shi	す	su	せ	se	そ	so
た行	た	ta	ち	chi	つ	tsu	て	te	と	to
な行	な	na	に	ni	ぬ	nu	ね	ne	の	no
は行	は	ha	ひ	hi	ふ	hu	へ	he	ほ	ho
ま行	ま	ma	み	mi	む	mu	め	me	も	mo
や行	や	ya			ゆ	yu			よ	yo
ら行	ら	ra	り	ri	る	ru	れ	re	ろ	ro
わ行	わ	wa							を	wo
ん行	ん	N								

2 學外來語從片假名開始！

	ア段	イ段	ウ段	エ段	オ段
ア行	ア a	イ i	ウ u	エ e	オ o
カ行	カ ka	キ ki	ク ku	ケ ke	コ ko
サ行	サ sa	シ shi	ス su	セ se	ソ so
タ行	タ ta	チ chi	ツ tsu	テ te	ト to
ナ行	ナ na	ニ ni	ヌ nu	ネ ne	ノ no
ハ行	ハ ha	ヒ hi	フ hu	ヘ he	ホ ho
マ行	マ ma	ミ mi	ム mu	メ me	モ mo
ヤ行	ヤ ya		ユ yu		ヨ yo
ラ行	ラ ra	リ ri	ル ru	レ re	ロ ro
ワ行	ワ wa				ヲ wo
ン行	ン N				

3 濁音・半濁音・拗音

濁音

が	ga	ぎ	gi	ぐ	gu	げ	ge	ご	go
ざ	za	じ	ji	ず	zu	ぜ	ze	ぞ	zo
だ	da	ぢ	ji	づ	zu	で	de	ど	do
ば	ba	び	bi	ぶ	bu	べ	be	ぼ	bo

半濁音

ぱ	pa	ぴ	pi	ぷ	pu	ぺ	pe	ぽ	po

拗音

きゃ	kya	きゅ	kyu	きょ	kyo
ぎゃ	gya	ぎゅ	gyu	ぎょ	gyo
しゃ	sha	しゅ	shu	しょ	sho
じゃ	ja	じゅ	ju	じょ	jo
ちゃ	cha	ちゅ	chu	ちょ	cho
にゃ	nya	にゅ	nyu	にょ	nyo
ひゃ	hya	ひゅ	hyu	ひょ	hyo
びゃ	bya	びゅ	byu	びょ	byo
ぴゃ	pya	ぴゅ	pyu	ぴょ	pyo
みゃ	mya	みゅ	myu	みょ	myo
りゃ	rya	りゅ	ryu	りょ	ryo

13

4 促音「っ」

促音寫法是「つ」或「ツ」的縮小版本，是在日語中用來表示停頓的符號。促音不發音，但會佔一拍，請注意這一點！

★ 要用羅馬拼音表示包含「促音」的單字的時候，只要重複促音之後的字的第一個羅馬拼音即可。電腦或手機輸入日語的時候也是這樣子打出促音的，建議務必要記下來！

❶ 促音之後為「か行」時以「k」表示

促音「っ」接續「か行：か・き・く・け・こ」的時候。

例 がっこう [gakkou]（學校）

❷ 促音之後為「ぱ行」時以「p」表示

促音「っ」接續「ぱ行：ぱ・ぴ・ぷ・ぺ・ぽ」的時候。

例 いっぱい [ippai]（充滿、一杯）

再加油
一下下!!

5 「ん」的發音 ✦✦

> 「ん」在發音上十分特別，會根據後面的字不同改變發音，
> 以國際音標來表示的話主要可分為五種念法。請注意發音時
> 一定會佔據一拍。

❶ [n]：之後為「ざ行・た行・だ行・な行・ら行」音字時。

　　例 べんり （方便）

---

❷ [m]：之後為「ま行・ば行・ぱ行」音字時。

　　例 かんぱい （乾杯）

---

❸ [ŋ]：之後為「か行・が行」音字時。

　　例 にほんご （日語）

---

❹ [ɲ]：之後為「に」音字時。

　　例 こんにゃく （蒟蒻）

---

❺ [N]：「ん」位於字尾時。

　　例 げんいん （原因）

Tip 日本人的發音秘訣。

其實日本人自己也不一定知道有這麼多種「ん」的發音方式，對他們而言「ん」
就是「ん」，隨著單字改變發音只是一種習慣。聽起來可能很難，但是各位日語
學習者聽多了含有「ん」的各種單字，也是能抓到這種感覺的。

名詞・存在動詞

名詞與存在動詞

世上的所有東西都有名字吧？名詞中分為人名等的固有名詞，和事物名稱的普通名詞。名詞非常的多，但日語的名詞與中文名詞的用法十分相似，只要花三十分鐘便能輕易地了解怎麼活用。這裡我們也一起來了解代名詞與存在動詞吧！開始進行第一次的三日學習！

Day 1　名詞

Day 2　指示代名詞

Day 3　存在・位置表現

名詞

┃ 核心文法第一階段

首先我們來看名詞的肯定形與否定形吧！

★ 肯定形

- **名詞＋**だ/です：是～

  がくせい＋だ ➡ がくせい＋です
  　　我是學生　　　　　　　　　我是學生

> Tip 日語很少用問號。
>
> 「～です。」變換成疑問句「～ですか。」時，中文意思會是「是～嗎？」。注意日語中如果有「か」來表示這句是疑問句，就不需要再加上問號「？」。

★ 否定形

- **名詞＋**じゃない（です）：不是～

  がくせいだ ➡ がくせいじゃない
  　　我是學生　　　　　　我不是學生

  ➡ がくせいじゃないです
  　　　　　我不是學生

> Tip 謹記！
>
> 「～じゃないです」意思等同「～じゃありません」，但口語時通常會用「じゃ」，而書面或正式場合則會用「では」。

2 核心文法第二階段

大家應該都聽過「過去形」與「過去否定形」吧？如同字面，這兩種形都是用來敘述已發生的事情，換成中文會講「以前是～」，而否定形會講「以前不是～」。它多少會讓人感到有些混亂，但是是常用的句型，讓我們一口氣搞懂它吧！

★ 過去形

• **名詞＋**だった/でした：以前是～

がくせいだ　➡　がくせいだった
我是學生　　　　　　我以前是學生

がくせいです　➡　がくせいでした
我是學生　　　　　　我以前是學生

★ 過去否定形

• **名詞＋**じゃなかった（です）：以前不是～/以前不是～

がくせいじゃない　➡　がくせいじゃなかった
　　我不是學生　　　　　　我以前不是學生

　　　　　　　　　➡　がくせいじゃなかったです
　　　　　　　　　　　　　我以前不是學生

> 謹記！
>
> ‧‧‧‧‧‧‧‧‧‧‧‧‧‧‧‧‧‧‧‧‧‧‧‧‧‧‧‧‧
>
> 「～じゃなかったです」基本上等同「～じゃありませんでした」，請務必記住這一點。

3 日常生活中會用到的句子

 請一邊回想著剛學到的「名詞」一邊念出例句。

わたしは　たいわんじんです。
我是台灣人。

さとうさんは　かいしゃいんですか。
佐藤先生是公司職員嗎？

わたしは　こうこうせいです。
我是高中生。

きょうは　やすみじゃありませんでした。
今天不是假日。

わたしは　にほんじんじゃないです。
我不是日本人。

やまださんは　せんせいでした。
山田先生以前是老師。

たいわんじん 台灣人｜かいしゃいん 公司職員｜こうこうせい 高中生｜
やすみ 假日｜にほんじん 日本人

4 複習用小測驗

 請於下方空格中填入適當的平假名。

❶ 我是台灣人。

わたしは　たいわんじん◻◻。

❷ 今天不是假日。

きょうは　やすみじゃありません◻◻◻。

❸ 我不是高中生。

わたしは　こうこうせい◻◻◻◻です。

❹ 山田先生以前是老師。

やまださんは　せんせい◻◻◻。

 以下句子請改成日語講出來。

> **1**
>
> 我是高中生。

> **2**
>
> 佐藤先生是公司職員嗎？

> **3**
>
> 我不是日本人。

再加油一下下！！

解答P. 185

指示代名詞

Day 2

▌核心文法第一階段

指示代名詞「こ、そ、あ、ど」等同中文的「這、那、那、哪」，記住這四個指示代名詞所代表的距離，便能輕鬆理解。

★ 指示代名詞
- 離「話者」近是「こ（這）」
- 離「聽者」近是「そ（那）」
- 離兩者都很遠的是「あ（那）」
- 不知道在哪裡是「ど（哪）」

	こ	**そ**	**あ**	**ど**
事物	これ（這個）	それ（那個）	あれ（那個）	どれ（哪個）
接續名詞	この+名詞（這～）	その+名詞（那～）	あの+名詞（那～）	どの+名詞（哪～）
場所	ここ（這裡）	そこ（那裡）	あそこ（那裡）	どこ（哪裡）
方向	こちら（這邊）	そちら（那邊）	あちら（那邊）	どちら（哪一邊）

- A：それは　なんですか。　　那個是什麼？
- B：これは　さいふです。　　這個是錢包。

2 核心文法第二階段 ✦✦

在日語中名詞跟名詞會用「の」串連起來。這個「の」在翻譯時不一定需要翻出來，而需要翻譯出來時會翻成「～的（東西）」。接下來讓我們來看一下「の」的用法，與「我／我」、「你」、「他／她」等等這類的人稱代名詞吧！

★ 助詞の
- ① 名詞＋の＋名詞
- ② ～的
- ③ ～的東西

• これは にほんごの ほんです。　這是日語的書。

• A：あれは だれの かばんですか。　那是誰的包包？
• B：あれは わたしの かばんです。　那是我的包包。

• A：これは だれのですか。　這是誰的？
• B：それは わたしのです。　那是我的。

★ 人稱代名詞

第一人稱	第二人稱	第三人稱	不定詞人稱
わたし 我	あなた 你	かれ 彼 他 かのじょ 彼女 她	だれ 誰 誰 どなた 哪一位

3 日常生活中會用到的句子

 請一邊回想著剛學到的「代名詞」一邊念出例句。

いりぐちは　どちらですか。
入口在哪邊？

- -

これは　にほんの　おかねです。
這是日本的錢。

- -

これは　やまださんの　さいふですか。
這是山田先生的錢包嗎？

- -

その　さいふは　わたしのじゃないです。
那個錢包不是我的。

- -

あれは　すずきさんの　ぼうしです。
那是鈴木先生的帽子。

- -

トイレは　どこですか。
洗手間在哪裡？

- -

これは　ちかてつの　ろせんずです。
這是地下鐵的路線圖。

- -

いりぐち 入口｜おかね 錢｜さいふ 錢包｜ぼうし 帽子｜ろせんず 路線圖

4 複習用小測驗

✎ 請於下方空格中填入適當的平假名。

❶ 那是鈴木先生的帽子。

　　☐☐　は　すずきさん　☐　　ぼうしです。

❷ 這是地下鐵的路線圖。

　　☐☐　は　ちかてつ　☐　　ろせんずです。

❸ 這是山田先生的錢包嗎？

　　これは　やまださん　☐　　☐☐☐　ですか。

❹ 那個錢包不是我的。

　　☐☐　　さいふは　わたし　☐☐　　ないです。

🔊 以下句子請改成日語講出來。

> 1
> 入口在哪邊？

> 2
> 這是日本的錢。

> 3
> 洗手間在哪裡？

明天也會
加油吧!?

解答P.185

Day 3

存在・位置表現

▋ 核心文法第一階段 ✦

存在動詞用來敘述某事物的有無。在日語裡無生命的事物和植物的存在使用「あります」、有生命的存在則會用「います」表示。

★ **あります**　事物或植物的存在 ◀

> 約定、打工、問題等等看不見的東西也會使用「あります」。

にわに　くるまが　あります。

院子裡有車。

テーブルに　はなが　あります。

桌上有花。

★ **います**　人或動物的存在 ◀

> 助詞「に」接在場所或方向的名詞之後時，可以翻譯成「~裡」或「在~」。

にわに　ねこが　います。

貓在院子裡。

きょうしつに　やまださんが　います。

山田先生在教室裡。

> **Tip** 「沒有」要怎麼表達呢？
>
> ＊＊＊＊＊＊＊＊＊＊＊＊＊＊＊＊＊＊＊＊
>
> 事物或植物不存在的時候用「ありません」。
> 人或動物不存在的時候用「いません」。

2 核心文法第二階段

位置表現指的是「上、下、右、左」等等表示位置的名詞。

★ 代表性的位置名詞

| 名詞の うえに | 名詞+上面 | |
| 名詞の したに | 名詞+下面 | |

| 名詞の みぎに | 名詞+右邊 | |
| 名詞の ひだりに | 名詞+左邊 | |

| 名詞の まえに | 名詞+前面 | |
| 名詞の うしろに | 名詞+後面 | |

| 名詞の なかに | 名詞+裡面 | |
| 名詞の そとに | 名詞+外面 | |

| 名詞の となりに | 名詞+旁邊 | |
| 名詞の ちかくに | 名詞+附近 | |

27

3 日常生活中會用到的句子

 請一邊回想著剛學到的「存在表現」一邊念出例句。

ホテルは　どこに　ありますか。
飯店在哪裡？

- -

えきの　まえに　ホテルが　あります。
飯店在車站前面。

- -

かばんの　なかに　パスポートが　ありません。
背包裡沒有護照。

- -

テーブルの　うえに　ねこが　います。
桌上有貓。

- -

バスの　なかに　だれも　いません。
公車裡誰也不在。

- -

ノートパソコンが　ありません。
沒有筆電。

- -

この　ちかくに　コンビニが　ありますか。
這附近有便利商店嗎？

- -

パスポート 護照｜かばん 背包｜だれも 誰也｜ノートパソコン 筆電｜
コンビニ 便利商店

4 複習用小測驗

三天打魚
成功了！

✎ **請於下方空格中填入適當的平假名。**

❶ 桌上有貓。

テーブル◻　うえ◻　ねこが　◻◻◻。

❷ 公車裡誰也不在。

バスの　◻◻　に　だれも　◻◻◻◻。

❸ 飯店在哪裡？

ホテル◻　どこに　◻◻◻◻か。

❹ 沒有筆電。

ノートパソコンが　◻◻◻◻◻。

✎ **請依照語意，排列出正確的順序。**

❶ 飯店在車站前面。

> えきの　①ホテルが　②に　③まえ　④あります

➡ えきの _____

❶ 車底下有貓。

> くるまの　①ねこ　②が　③したに　④います

➡ くるまの _____

解答P.185

你完成了第一次三日學習，
知道以下句子該怎麼說了！

★ **狀況1**

新進職員王先生第一次去出差，卻找不到護照。
他該如何說出「包包裡沒護照」這句話呢？

➡

_____

★ **狀況2**

準備就業的余先生今天還沒吃午餐，想買御飯團，卻找不到便利
商店，他該怎麼向路人問「這附近有便利商店嗎？」呢？

➡

_____

狀況1：かばんのなかにパスポートがありません。
狀況2：このちかくにコンビニがありますか。

一天三餐都能好好吃滿，
打三天魚的決心會有那麼難貫徹嗎？

形容詞

すしが すきです。
我喜歡吃壽司。

王先生喜歡吃
哪種食物？

口水直直流～

 形容詞

學習外語時總是會出現形容詞，但這到底是什麼詞？形容詞就是用來說明事物的性質與狀態的單字。舉例來說，你感受到壓力的時候，會不會想去安靜的咖啡廳喝杯甜的咖啡？句中「安靜的」、「甜的」就是形容詞，它放在名詞前面，能夠將名詞表現地更活靈活現。形容詞比想像中的還簡單，只要花三天時間就足夠。那麼我們就一邊學習形容詞，一邊喝杯甜甜的咖啡吧。

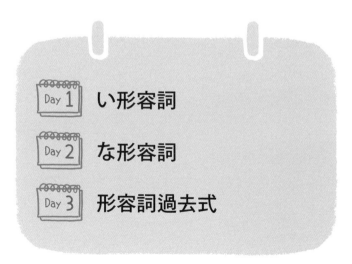

Day 1　い形容詞

Day 2　な形容詞

Day 3　形容詞過去式

い形容詞

┃核心文法第一階段

形容詞最大的用途就是修飾名詞,而在修飾名詞的時候字尾是「い」的形容詞就稱為「い形容詞」。先來了解一下「い形容詞」的特徵吧。

★ **い形容詞** 基本型字尾用「い」結尾

- おいしい 好吃 | おもしろい 有趣 | あまい 甜

  たのしい 快樂 | あつい 熱 | さむい 冷

★ **接續名詞** い+名詞:~的+名詞

- あまい + コーヒー ➡ あまい　コーヒー

  甜　　　咖啡　　　　　甜的咖啡

★ **い形容詞敬語** い+です:是~

- コーヒーは　あまい ➡ コーヒーは　あまいです

  咖啡是　　　甜的　　　　咖啡是　　　　　甜的

---

2 核心文法第二階段

「い形容詞」的否定形跟連用形是怎麼變化的，好好觀察字尾就能看出來。

★ |い形容詞否定型| **い＋くない**：不～

- あまい ➡ あまくない
  甜　　　　　不甜

- あまくない ➡ あまくないです
  不甜　　　　　　不甜

> **Tip** 謹記！
> ．．．．．．．．．．．．．．．．．．．．．．．．．．．．．．
> 「～くないです」也等同於「～くありません」，這兩種都很常用。在句尾接「か」的話，會變成疑問句：「あまくないですか。（不甜嗎？）」。

★ |連用形| **い＋くて**：～又～／且～

- あまい＋くて＋おいしい ➡ あまくて　おいしい
  甜　　　又　　　好喝　　　　　　　甜又好喝

★ |注意|

- 「好」的「い形容詞」可以是「いい」也可以是「よい」，但活用時一定會是「よい」。

- よくない 不好｜よくて 好又～
  よくないです （よくありません） 不好

3 日常生活中會用到的句子

 請一邊回想著剛學到的「い形容詞」活用一邊念出例句。

かいものは　たのしい。
購物很快樂。

- -

これは　おおきい　サイズです。
這個是大尺寸的。

- -

ドン・キホーテは　やすくて　いいです。
唐吉訶德商店既便宜又不錯。

- -

その　ケーキは　あまくありません。
那塊蛋糕不甜。

- -

つめたい　ものは　よくないです。
冰的東西不好。

- -

わたしの　へやは　せまいです。
我的房間狹小。

- -

ここの　バニララテは　やすくて　おいしいです。
這裡的香草拿鐵既便宜又好喝。

- -

たのしい 快樂｜おおきい 大的｜ドン・キホーテ 唐吉訶德（日本的連鎖量販店）｜
やすい 便宜｜つめたい 冰的｜へや 房間｜せまい 狹小

4 複習用小測驗

✎ 請於下方空格中填入適當的平假名。

❶ 既便宜又不錯。

やす□□ いいです。

❷ 這塊蛋糕不甜。

この ケーキは あま□□ です。

❸ 不好。

□□ ありません。

❹ 大尺寸

おおき□ サイズ

🔊 以下句子請改成日語講出來。

> **1**
> 既便宜又好喝。

> **2**
> 購物很快樂。

> **3**
> 我的房間狹小。

再加油
一下下！！

解答P. 185

37

な形容詞

1 核心文法第一階段 ✦

「な形容詞」在修飾名詞時，語尾該怎麼變化呢？
答案是將字尾的「だ」變成「な」，所以它被稱為「な形容詞」。

★ な形容詞 基本型字尾用「だ」結尾

- しずかだ 安靜｜すきだ 喜歡｜きらいだ 討厭｜
  ゆうめいだ 有名｜まじめだ 認真

★ 接續名詞 な+名詞：～的+名詞

- すきだ＋ひと ➡ すきな ひと
  喜歡　　　人　　　　　　喜歡的人

★ な形容詞敬語 だ+です：是～

- こうえんは　しずかだ ➡ こうえんは　しずかです
  公園　　　　是安靜的　　　　公園　　　　　是安靜的

---

2 核心文法第二階段 ✦

「な形容詞」的否定形與連用形跟「い形容詞」有什麼地方不一樣呢？

★ な形容詞否定型 **だ＋じゃない**：不～

- しずかだ ➡ しずかじゃない
  安靜　　　　　　　不安靜

- しずかじゃない ➡ しずかじゃないです
  不安靜　　　　　　　　不安靜

Tip 謹記！

「～しずかじゃない」等同「～しずかではない」，「～じゃないです」等於是「～じゃありません」，這點跟名詞一樣。

★ 連用形 **だ＋で**：既～又～／又～

- しずかだ＋で＋きれいだ ➡ しずかで きれいだ
  安靜　　　又　　美麗　　　　　　安靜又美麗

★ 注意

- 下列的形容詞前面接名詞時，助詞不是用「を」而是用「が」，請格外注意這個地方。

- 喜歡～ ～が すきだ｜討厭～ ～が きらいだ
  擅長～ ～が じょうずだ｜不擅長～ ～が へただ

---

3 日常生活中會用到的句子

📖 請一邊回想著剛學到的「な形容詞」一邊念出例句。

ちかてつは　べんりです。
地鐵很方便。

- -

おおさかは　にぎやかな　ところです。
大阪是熱鬧的地方。

- -

この　こうえんは　しずかじゃありません。
這個公園不安靜。

- -

ここは　すしが　しんせんで　ゆうめいです。
這裡的壽司既新鮮又有名。

- -

どんな　たべものが　すきですか。
你喜歡吃什麼樣的食物？

- -

おこのみやきが　すきです。
我喜歡吃什錦燒。

- -

えいごは　あまり　じょうずじゃないです。
我不太擅長英文。

- -

べんりだ 方便｜にぎやかだ 熱鬧｜しずかだ 安靜｜
ゆうめいだ 有名｜しんせんだ 新鮮｜じょうずだ 擅長

4 複習用小測驗 ✦✧

 請於下方空格中填入適當的平假名。

❶ 大阪是熱鬧的地方。

おおさかは　にぎやか□　ところです。

❷ 我喜歡吃什錦燒。

おこのみやき□　すき□。

❸ 這裡的壽司既新鮮又有名。

ここは　すしが　しんせん□　ゆうめい□。

❹ 便利的地鐵

べんり□　ちかてつ

以下句子請改成日語講出來。

1
你喜歡吃什麼
樣的食物？

2
這個公園
不安靜。

3
我不太擅長
英文。

明天也會
加油吧!?

解答P. 185

Day 3

形容詞過去式

▎核心文法第一階段 ✨

「い形容詞」的過去式、過去否定式的變化雖然看起來複雜，實際上卻出乎意料之外的簡單。

★ |い形容詞過去式| **い ➡ かった**：以前是～

- おいし **い** ➡ おいし **かった**
　　好吃　　　　　　以前好吃

- おいし **かった** ➡ おいし **かったです**
　　以前好吃　　　　　　以前好吃

★ |い形容詞過去否定式| **い ➡ く なかった**：不～

- おいし **い** ➡ おいし **く なかった**
　　好吃　　　　　　以前不好吃

- おいし **く なかった** ➡ おいし **く なかったです**
　　以前不好吃　　　　　　　以前不好吃

---

2 核心文法第二階段

「な形容詞」的過去式、過去否定式一樣看似複雜，實際了解後會發現其實跟名詞的變化方式很類似。

★ な形容詞過去式　**だ ➡ だった**：以前是～

- しずかだ ➡ しずかだった
  安靜　　　　　　　　　以前很安靜

- しずかだった ➡ しずかでした
  以前很安靜　　　　　以前很安靜

> **Tip** 各位請注意！
> ・・・・・・・・・・・・・・
> しずかだったです (×)
> しずかでした (○)

★ な形容詞過去否定式　**だ ➡ じゃなかった**：以前不～

- しずかだ ➡ しずかじゃ なかった
  安靜　　　　　　　　以前不安靜

- しずかじゃ なかった ➡ しずかじゃ なかったです
  以前不安靜　　　　　　　　　　以前不安靜

> **Tip** 了解相似的型態
> ・・・・・・・・・・・・・・・・・・・・・・・・・・・
> ✓ おいしくなかったです＝おいしくありませんでした
> 　すきじゃなかったです＝すきじゃありませんでした
>
> ✓ 「いい（好）」的過去式要改從「よい」變化。
> 　いい＋かった ➡ よかった（好）
> 　いい＋ない＋かった ➡ よくなかった（不好）

43

3 日常生活中會用到的句子 ✦

📖 請一邊回想著剛學到的「形容詞過去式」一邊念出例句。

その　えいがは　おもしろかった。
那部電影很有趣。

ホテルは　えきから　ちかく　なかったです。
飯店離車站不近。

りょこうは　たのしく　ありませんでした。
旅行不愉快。

こうつうは　とても　ふべんだった。
以前交通非常不便。

しけんは　かんたんでした。
考試以前簡單。

はらじゅくは　しずかじゃ　なかったです。
原宿以前不安靜。

きのうは　いそがしく　なかったです。
昨天不忙。

えいが 電影 | おもしろい 有趣 | ふべんだ 不便 | かんたんだ 簡單

4 複習用小測驗

三天打魚
成功了！

✏️ **請於下方空格中填入適當的平假名。**

❶ 以前交通不便。

こうつうは　ふべん　☐☐☐。

❷ 電影以前有趣。

えいがは　おもしろ　☐☐☐。

❸ 曾不安靜。

しずかじゃ　☐☐☐☐　です。

❹ 考試以前簡單。

しけんは　かんたん　☐☐☐。

✏️ **請依照語意，排列出正確的順序。**

❶ 考試以前不簡單。

しけんは　①じゃ　②でした　③かんたん　④ありません

➡ しけんは _____

❶ 昨天不忙。

きのうは　①なかった　②いそがし　③です　④く

➡ きのうは _____

解答P. 185

你完成了第二次三日學習，知道以下句子該怎麼說了！

★ **狀況1**

第一天上班的王先生，終於到了中午用餐時間呢！同事問說「你喜歡吃什麼食物？」，他該怎麼用日語回答「我喜歡吃壽司。」呢？

➡

___

★ **狀況2**

準備就業的余先生，他去買電視，店員卻只推薦他買六十吋的電視，他該怎麼用日語告訴對方「我的房間很狹小。」呢？

➡

___

狀況1：すしがすきです。
狀況2：わたしのへやはせまいです。

念書念到太累,
可以試著盡情地吃肉來充充電!

動詞ます形

あしたは
やすみません。
明天不會放假。

NO!

明天地球滅亡的話,
我會去宇宙營業的!

動詞ます形

日語中的動詞千變萬化，十分複雜。首先來搞清楚動詞的意思：動詞指的是某事物或人物的動作或作用。我們在日常生活中會做的動作或行為，都可以用動詞敘述出來，這樣想的話會不會感覺比較好懂？起床後吃飯、工作、去旅行…等等的動作只要懂得動詞活用，便能用日語説出來。那麼，讓我們開始進行第三次的三日學習吧！

Day 1	動詞分類
Day 2	ます形活用
Day 3	ます形的句型

動詞分類

┃ 核心文法第一階段

日語動詞有三種，分為第一類動詞、第二類動詞、第三類動詞，但不管是哪一種動詞，其字尾一律接「う段」音。動詞種類最多的是第一類，最少的是第三類，所以照第三類→第二類→第一類的順序去記會比較簡單。

う段	う	く	ぐ	す	つ	ぬ	ぶ	む	る
	u	ku	gu	su	tsu	nu	bu	mu	ru

━━ 動詞的區分方法 ━━

★ **第一類動詞** 字尾為「う段」字，且非第二、三類的動詞。

• あう 見面 ｜ いく 去 ｜ まつ 等 ｜ しぬ 死 ｜ すわる 坐

> 「る」的前面接「あ、う、お」段音的詞屬於第一類動詞。

Tip 第一類動詞中的例外 長得像第二類動詞，實際上卻是第一類動詞。

✓ かえる 回去 ｜ はいる 進來 ｜ はしる 跑 ｜ きる 剪 ｜ しる 知道

★ **第二類動詞** 字尾用「る」結尾，「る」的前面接「い、え」段音的動詞。

• みる 看 ｜ おきる 起來 ｜ たべる 吃 ｜ ねる 睡

★ **第三類動詞** 特徵是只有兩個動詞。

• する 做 ｜ くる 來

2 核心文法第二階段

名詞的敬語是「です」對吧？要是忘了，請回到「第一次三日學習」查看吧！動詞的敬語是「ます型」，根據動詞種類不同，它也會變得不一樣。

★ **ます型**
- 第一類：字尾換成「い段」音的字+ます
- 第二類：去除「る」+ます
- 第三類：直接背起來 する➡します｜くる➡きます

	原型		ます型	
第一類	あう	見面	あいます	見面
	いく	去	いきます	去
	いそぐ	趕	いそぎます	趕
	はなす	説	はなします	説
	まつ	等待	まちます	等待
	しぬ	死	しにます	死
	あそぶ	玩	あそびます	玩
	のむ	喝	のみます	喝
	のる	搭乘	のります	搭乘
第二類	みる	看	みます	看
	たべる	吃	たべます	吃
第三類	する	做	します	做
	くる	來	きます	來

> **Tip** 第一類動詞的例外
>
> ・・・・・・・・・・・・・・・・・・・・・・・・・・・・
> ✓ 帰る 回去、回來　かえます(✗)　かえります(○)
> ✓ 切る 剪　　　　　きます(✗)　　きります(○)

發音示範3-1

3 日常生活中會用到的句子 ☆☆

📖 請一邊回想著剛學到的「動詞ます形」一邊念出例句。

コーヒーを 飲みます。　喝咖啡。

本を 買います。　買書。

ホテルを 予約します。　預訂飯店。

ダイエットは 明日から します。

我要從明天開始減肥。

うちへ 帰ります。　回家。

電車に 乗ります。　搭電車。　把「～にのる（搭乘～）」背起來。

友だちに 会います。　見朋友。　把「～にあう（見～）」背起來。

7時に 起きます。　七點起床。

夜 9時に 寝ます。　晚上九點睡覺。

飲む 喝｜本 書｜買う 買｜予約する 預定｜帰る 回去、回來｜
電車 電車｜～に 乗る 搭乘｜起きる 起來｜寝る 睡覺｜～に 会う 見～

4 複習用小測驗

 請於下方空格中填入適當的平假名。

❶ 晚上九點睡覺。
夜 9時に 寝 □□ 。
<ruby>夜<rt>よる</rt></ruby> <ruby>9時<rt>くじ</rt></ruby>に <ruby>寝<rt>ね</rt></ruby>

❷ 預訂飯店。
ホテル □ よやく □ ます。

❸ 回家。
家へ かえ □ ます。
<ruby>家<rt>うち</rt></ruby>

❹ 搭電車。
電車 □ の □ ます。
<ruby>電車<rt>でんしゃ</rt></ruby>

 以下句子請改成日語講出來。

1

買書。

2

喝咖啡。

3

見朋友。

再加油
一下下！！

解答P. 186

53

ます形活用

核心文法第一階段

現在應該會把動詞基本形變成「ます型」了吧？這樣的話，「不做／沒做」、「做了」、「不做／沒做」這些要怎麼變成「ます型」呢？

★ 否定型　**ます ➡ ません**　不～、沒～

コーヒーは　のみません。
我不（沒）喝咖啡

★ 過去型　**ます ➡ ました**　～了

コーヒーを　のみました。
我喝了咖啡

★ 過去否定型　**ます ➡ ませんでした**　不～、沒～

コーヒーを　のみませんでした。
我不（沒）喝咖啡

---

2 核心文法第二階段 ✦

只要知道基本助詞，就能造出完整的句子。這個助詞翻譯成中文時不一定會表現出來。

を	「動作」的助詞	本^{ほん}を 読^よみます。 讀書。
に	「位置」的助詞 （時間／地點）	7時^{しちじ}に 起^おきます。 七點起床。
と	～和	友^{とも}だちと 話^{はな}します。 和朋友說話。
で	在～（地點）／ 用～（手段方法）	空港^{くうこう}で 会^あいます。 在機場見面。
		地下鉄^{ちかてつ}できます。 我搭地鐵來的。
へ	往～／向～ （方向）	日本^{にほん}へ 行^いきます。 我去日本。

> **Tip 使用特殊助詞的動詞**
>
> ．．．．．．．．．．．．．．．．．．．．．．．．．．．．．．
>
> 「見～」、「搭～」這兩個單字助詞都使用「に」，請將它們通通背起來。
>
> ✓ 見朋友 ➜ ともだちにあう(〇)｜ともだちをあう(✕)
> ✓ 搭電車 ➜ でんしゃにのる(〇)｜でんしゃをのる(✕)

3 日常生活中會用到的句子

 請一邊回想著剛學到的「ます形」活用一邊念出例句。

昨日 映画を 見ました。
きのう えいが み

昨天看了電影。

- -

昨日は お酒を 飲みませんでした。
きのう さけ の

昨天沒喝酒。

- -

メールを 送りました。　送出信件了。
おく

- -

明日は 休みません。　明天不會放假。
あした やす

- -

今 電車に 乗りました。　現在搭上電車了。
いま でんしゃ の

- -

昨日 先生に 会いました。　昨天見過老師了。
きのう せんせい あ

- -

今日は アルバイトを しませんでした。
きょう

今天沒打工。

- -

朝ごはんを 食べませんでした。　我沒吃早餐。
あさ た

- -

昨日 昨天 | お酒 酒 | 送る 傳送 | 明日 明天 | 先生 老師 |
きのう 　　　 さけ 　　 おく 　　　　 あした 　　　 せんせい

～に 会う 見～ | 朝ごはん 早餐
　　 あ 　　　　 あさ

4 複習用小測驗

✏️ 請於下方空格中填入適當的平假名。

❶ 看了電影。
映画 　み 　　　。
えいが

❷ 沒喝酒。
お酒 　のみ 　　　　　。
さけ

❸ 明天不會放假。
明日は やすみ 　　　。
あした

❹ 見過老師了。
先生 　あい 　　　。
せんせい

🔊 以下句子請改成日語講出來。

1
現在搭上電車了。

2
送出信件了。

3
我沒吃早餐。

明天也會
加油吧!?

解答P.186

57

第三次三日學習

Day 3

ます形的句型

▌ 核心文法第一階段 ✦

「動詞ます形」去掉「ます」的型態又稱為「動詞連用形」，可以用在很多日常生活中用得上的句型，像是「我想～」、「一邊～一邊～」、「做～」、「～方法」等等。

★ 表希望的句型

● **動詞ます形－ます＋たい**：我想～

　　買います ➡ 買いたい ➡ 買いたいです
　　買　　　　　想買　　　　　想買

　　今 コーヒーが 飲みたいです。
　　我 現在 想喝咖啡。

> **Tip** 「希望」句型的助詞
>
> 「我想～」這種句子的助詞可用「が」或「を」，但「が」比較常用。

★ ～方法

● **動詞ます形－ます＋かた**：～方法

　　行きます ➡ 行きかた　　　食べます ➡ 食べかた
　　去　　　　　去法　　　　　吃　　　　　吃法

---

2 核心文法第二階段

有沒有邊念書邊喝咖啡過？同時做兩種動作稱為「同時動作」。這裡我們來看看該怎麼用日文描寫同時動作，也會一併介紹日文裡用來表示目的的文法。

★ 同時動作

- **動詞ます形－ます＋ながら**：一邊～一邊～

  飲みます ➡ 飲みながら 話します
  　喝　　　　　邊喝　　　　邊說話

  音楽を 聞きながら 勉強します。
  　邊聽音樂邊念書。

★ 目的句型

- **動詞ます形－ます＋に**：做～

  会います ➡ 会いに 行く
  　見面　　　　去　　　見面

  映画を 見に きました。
  　我來看電影了。

3 日常生活中會用到的句子

📖 請一邊回想著剛學到的「動詞的相關句型」一邊念出例句。

お水が **飲みたい**です。

我想喝水。

日本人と **話したい**です。

我想跟日本人說話。

この かんじの **書き方**は 難しいです。

這個漢字的寫法真難。

歩きながら 音楽を 聞きます。

我邊走邊聽音樂。

レシピを **見ながら** 料理を します。

我邊看食譜邊做菜。

薬 を **買いに** 薬屋へ 行きます。

我去藥局買藥。

手紙を **出しに** 郵便局へ 行きます。

我去郵局寄信。

お水 水 | 漢字 漢字 | 難しい 難 | 歩く 走 | 音楽 音樂 | 聞く 聽 |
料理 料理 | 薬 藥 | 薬屋 藥局 | 手紙を出す 寄信

4 複習用小測驗

三天打魚
成功了！

請於下方空格中填入適當的平假名。

❶ 我想喝水。

お水が ▢▢▢ たいです。
　　　みず

❷ 我邊走邊聽音樂。

歩き ▢▢▢ 音楽を 聞き ▢▢▢ 。
　ある　　　　おんがく　　き

❸ 這個漢字的寫法真難。

この かんじの 書き ▢▢▢ は 難しいです。
　　　　　　　か　　　　　むずか

❹ 我去藥局買藥。

薬 ▢ 買い ▢ 薬屋へ 行き ▢▢▢ 。
くすり　　か　　くすりや　い

請依照語意，排列出正確的順序。

❶ 我邊看食譜邊做菜。

> レシピを　①します　②ながら　③見　④料理を
> 　　　　　　　　　　　　　み　りょうり

➡ レシピを _____

❶ 我去郵局寄信。

> 手紙を　①に　②行きます　③出し　④郵便局へ
> てがみ　　　い　　　だ　　ゆうびんきょく

➡ 手紙を _____
　てがみ

解答P. 186

你完成了第三次三日學習，
可以說出以下句子了哦！

★ **狀況1**

喜歡喝酒的王先生感冒了，同事們問他說：你昨天又喝酒了嗎？
難過的王先生該怎麼說「我昨天沒喝酒。」這句話呢？

➡

_____

★ **狀況2**

準備就業的余先生正在打工，他接到顧客的電話，對方問說：
明天你們放假嗎？他該怎麼說「明天不放假」這句話呢？

➡

_____

狀況1：きのうはおさけをのみませんでした。
狀況2：あしたはやすみません。

要是能一葉知秋，幹嘛不去當算命師！
念了三天的書還是不懂的話，
也別太灰心啊！

動詞て形

ひとりで りょこうを
して みたいです。
我想一個人去旅行。

失去鬥志，
需要充電一下！

動詞て形

所謂「動詞て形」是什麼呢？用中文來表示，就是「～之後、因為～」的意思，扮演著連接句子的重要角色。

要是想講「吃飯、看電影之後下起雨來了」這種句子，「て形」是不可或缺的。「て形」的用法十分多樣，也是經常被搞錯的文法，務必要徹底搞懂。了解「て形」之後，便可以立即學習「過去形（た形）」，準備好了就可以開始進行第四次的三日學習囉。

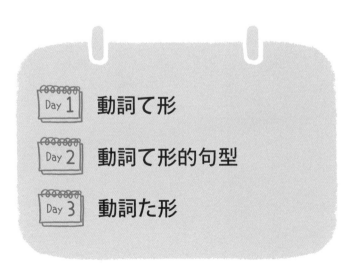

Day 1	動詞て形
Day 2	動詞て形的句型
Day 3	動詞た形

動詞て形

▌核心文法第一階段 ✦

所謂「動詞て形」是什麼呢？就是「～之後」或是「因為～」的意思，變化成「て形」時須多加注意第一類動詞的部分根據字尾不同，變化也會不一樣。

動詞て形的變化

		基本形		て形	
第一類動詞	う つ る → って	あう	見面	あって	見完面後（因為見面～）
		まつ	等待	まって	等了之後（因為等待～）
		おくる	寄送	おくって	寄完後（因為寄送～）
	む ぶ ぬ → んで	のむ	喝	のんで	喝完後（因為飲用～）
		あそぶ	遊玩	あそんで	玩完後（因為遊玩～）
		しぬ	死	しんで	死了之後（因為死～）
	く → いて	かく	寫	かいて	寫完後（因為寫～）
	ぐ → いで	いそぐ	趕	いそいで	趕完後（因為趕～）
	す → して	おす	按壓	おして	按壓後（因為按壓～）
	例外	いく	去	いって	去了之後（因為去～）
第二類動詞	る → て	おきる	起來	おきて	起來後（因為起來～）
		たべる	吃	たべて	吃完後（因為吃～）
第三類動詞	不規則變化 直接背起來！	する	做	して	做了之後（因為做～）
		くる	來	きて	來了之後（因為來～）

2 核心文法第二階段

「て形」在句中具有什麼樣的功能，以及有哪些相關的句型，我們來了解一下吧！

★ **～て（で）**　～之後、因為～

- 連接前後句子時可使用此文法。

  友_{とも}だちに あって ほんやへ 行_いきます。

  見完朋友後去書店。

★ **～て（で）+から**　～之後

- 出現時間先後時可使用此文法。

  べんきょうを してから テレビを 見_みます。

  書念完後看電視。

★ **～て（で）+ください**　請幫我～、請～

- 在輕微指使、請求或是委託時使用此文法。

  ほんを よんで ください。

  請你看書。

とめ提醒一下「いく（去）」的「て形」！

在核心文法 1 中有出現過的「いく＋て」不會變成「いいて(×)」而是「いって(○)」

第四次三日學習

67

3 日常生活中會用到的句子

 請一邊回想著剛學到的「動詞て形」一邊念出例句。

新聞を 読んで から 会社へ 行きます。

我看完報紙後去公司。

明日までに メールを 送って ください。

請您明天之前寄出電子郵件。

映画を 見て ビールを 飲みます。

看電影後再喝啤酒。

レポートを 出して から 友だちに 会います。

我交完報告後去見朋友。

お名前を 書いて ください。　請寫上大名。

ソースを かけて 食べて ください。

請淋上醬汁後再吃。

山手線に のりかえて 新宿駅へ 行きます。

我轉乘山手線去新宿站。

までに 之前（表期限）｜新聞 報紙｜送る 寄送｜映画 電影｜
レポートを出す 交報告｜ソースをかける 淋上醬汁｜～にのりかえる 轉乘～

4 複習用小測驗

✎ 請於下方空格中填入適當的平假名。

❶ 請您明天之前寄出電子郵件。
明日_{あした}までに メールを 送_{おく}[　　] ください。

❷ 請寫上大名。
ここに お名前_{なまえ}を [　　　] ください。

❸ 看電影後再喝啤酒。
映画_{えいが}を [　　] ビールを [　　] ます。

❹ 我交完報告後去見朋友。
レポートを 出_だし[　　] 友達_{ともだち}[　] 会_あい[　　]。

🔊 以下句子請改成日語講出來。

> **1**
> 請淋上醬汁後
> 再吃。

> **2**
> 請您明天之前寄
> 出電子郵件。

> **3**
> 我轉乘山手線
> 去新宿站。

再加油
一下下!!

解答P. 186

動詞て形的句型

┃ 核心文法第一階段

了解一下「動詞て形」的相關句型吧！

★ ~て＋みる

- ~てみる：~看看、試

新_{あたら}しい メニューを 食_たべて みました。

我試吃過新菜色了。

> 「ました」是「ま
> す」的過去型。

★ ~て＋しまう

- ~てしまう：（因失誤）我~了、全部~了

約束_{やくそく}を 忘_{わす}れて しまう。 （表遺憾）

我忘了約定。

その 本_{ほん}は ぜんぶ 読_よんで しまいました。 （表完成）

我看完那本書了。

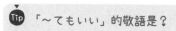

2 核心文法第二階段

這裡讓我們來看一下表示許可的句型「可以～」與表示禁止的句型「不可以～」吧！

★ 許可、允許

- ～てもいい：可以～

  しゃしんを とっても いい。
  可以拍照。

  この パソコンを 使っても いいですか。
  可以使用這台電腦嗎？

  > **Tip** 「～てもいい」的敬語是？
  > ....
  > 只要在「～てもいい」後面加「です」即可。將「です」改成「ですか」便會成為尋求對方同意的問句。

★ 禁止

- ～てはいけない：不可以～

  しゃしんを とっては いけない。
  不可以拍照。

  この パソコンを 使っては いけません。
  不可以使用這台電腦。

  > **Tip** 「～てはいけない」的敬語是？
  > ....
  > ～てはいけない ➡ ～てはいけません
  > 不可以～　　　　　不可以～

---

3 日常生活中會用到的句子

請一邊回想著剛學到的「動詞て形」的相關句型一邊念出例句。

授業に 遅れては いけません。　上課不可以遲到。

- -

窓を 閉めても いいですか。　我可以關窗戶嗎？

- -

かぎを なくして しまいました。　我把鑰匙弄丟了。

- -

早く 帰っても いいですか。

我可以早點回去（家）嗎？

- -

一人で 旅行を して みたいです。

我想試著一人旅行看看。

- -

宿題を 忘れては いけません。　不可以忘記寫作業。

- -

この スマホ、使って みても いいですか。

我可以使用看看這支智慧型手機嗎？

- -

約束を 忘れて しまいました。

我忘了約定。

- -

授業 上課｜遅れる 晚、遲到｜窓 窗戶｜閉める 關｜かぎをなくす 弄丟鑰匙｜
一人で 獨自｜旅行 旅行｜宿題 作業｜約束 約定

4 複習用小測驗 ✦

 請於下方空格中填入適當的平假名。

❶ 我可以使用看看這支智慧型手機嗎？

このスマホ、使っ□み□□いいですか。

❷ 我把鑰匙弄丟了。

かぎを なくして □□□ ました。

❸ 我想試著一人旅行看看。

一人で 旅行を してみ□□です。

❹ 不可以忘記寫作業。

宿題を 忘れ□□いけません。

🔊 以下句子請改成日語講出來。

1
上課不可以
遲到。

2
我可以快點
回家嗎？

3
我可以
關窗戶嗎？

明天也會
加油吧!?

解答P. 186

73

Day 3

動詞た形

❙ 核心文法第一階段 ✦✧

「動詞た形」也就是常體的過去式，變換方式跟前面學到的「て形」活用幾乎一樣，只要把「て」改成「た」就可以。

━━ 動詞た形的變化 ━━

		基本形		た形	
第一類動詞	う つ る → った	あう	見面	あった	見完面後（因為見面～）
		まつ	等待	まった	等了之後（因為等待～）
		おくる	寄送	おくった	寄完後（因為寄送～）
	む ぶ ぬ → んだ	のむ	喝	のんだ	喝完後（因為飲用～）
		あそぶ	遊玩	あそんだ	玩完後（因為遊玩～）
		しぬ	死	しんだ	死了之後（因為死～）
	く → いた	かく	寫	かいた	寫完後（因為寫～）
	ぐ → いだ	いそぐ	趕	いそいだ	趕完後（因為加快～）
	す → した	おす	按壓	おした	按壓後（因為按壓～）
	例外	いく	去	いった	去之後（因為去～）
第二類動詞	る → た	おきる	起來	おきた	起來後（因為起來～）
		たべる	吃	たべた	吃完後（因為吃～）
第三類動詞	不規則變化 直接背起來！	する	做	した	做了之後（因為做～）
		くる	來	きた	來了之後（因為來～）

2 核心文法第二階段 ✦

我們來了解一下「動詞た形」的相關句型「經驗、忠告、動作的排列」。

★ 經驗

- **〜たことがある：〜過**

  日本に 行った ことが あります。
  にほん　　い

  我去過日本。

> 「あります」的否定形是「ありません（沒有）」。

★ 建議、忠告

- **〜たほうがいい：〜比較好／最好〜**

  ゆっくり 休んだ ほうが いいです。
  　　　　　やす

  最好要好好休息。

★ 動詞的排列

- **〜たり〜たりする：做〜又做〜**

  週 末には 食べたり 飲んだり します。
  しゅうまつ　　　た　　　　の

  週末又吃又喝。

> **Tip** 「〜たり〜たり」由兩個「動詞た形」+「り」組成，這個句型最後一定要以「する」來結尾。

> **Tip** 請注意「いく（去）」的「た形」！
>
> 在「いく＋た／たり」的情況下，不會變成「いいた（×）、いいたり（×）」而會變成「いった（○）、いったり（○）」。

3 日常生活中會用到的句子 ✦

 請一邊回想著剛學到的「動詞た形」一邊念出例句。

パンを 作_{つく}った ことが あります。　　我有做過麵包。

- -

週 末_{しゅうまつ}は 音楽_{おんがく}を 聞_きいたり テレビを 見_みたり します。

我在週末會聽音樂和看電視。

- -

朝_{あさ}ごはんは 食_たべた ほうが いいです。

最好要吃早餐。

- -

浅草_{あさくさ}には 行_いった ことが ありません。

我沒去過淺草。

- -

昨日_{きのう}は 本屋_{ほんや}に 行_いったり カフェに 行_いったり しました。

昨天去了書店跟咖啡廳。

- -

たばこは やめた ほうが いいです。

戒煙會比較好。

- -

図書館_{としょかん}で 雑誌_{ざっし}を 読_よんだり 勉強_{べんきょう} したり します。

我在圖書館看雜誌和念書。

- -

音楽を聞く_{おんがく き} 聽音樂｜浅草_{あさくさ} 淺草（地名）｜本屋_{ほんや} 書店｜やめる 戒掉、中止｜
図書館_{としょかん} 圖書館｜雑誌_{ざっし} 雜誌｜読む_よ 看/讀

4 複習用小測驗

三天打魚
成功了！

✎ **請於下方空格中填入適當的平假名。**

❶ 我在週末聽音樂和看電視。
週末は 音楽を 聞い ☐☐ テレビを 見 ☐☐ します。

❷ 我沒去過淺草。
浅草には 行った ☐☐☐ が ありません。

❸ 戒煙會比較好。
たばこは やめた ☐☐ が いいです。

❹ 看雜誌和念書。
雑誌を 読ん ☐☐ 勉強 したり ☐☐☐ 。

✎ **請依照語意，排列出正確的順序。**

❶ 最好要吃早餐。

> 朝ごはんは　①ほうが　②食べた　③です　④いい

➡ 朝ごはんは

❶ 我在家裡做過麵包。

> 家で　①作った　②パンを　③あります　④ことが

➡ 家で

解答P. 186

77

你完成了第四次三日學習，
可以說出以下句子了哦！

★ 狀況1

王先生正認真工作，他該怎麼跟客戶說「請您在明天之前寄信給我」這句話呢？

➡

_____

★ 狀況2

準備就業的余先生，他最近都沒有鬥志，也厭煩了準備就業，他該怎麼說「我想一個人去旅行看看」這句話呢？

➡

_____

狀況1：あしたまでにメールをおくってください。
狀況2：ひとりでりょこうをしてみたいです。

今天用功念書，才會有明天。

動詞ない形

えいごで はなさなければ
なりません か。
一定要用英文説嗎？

數學、英文
我都不會…，
我什麼都不懂，
一直呆呆的
過生活。

滿頭大汗

動詞ない形

上一次介紹的動詞很難嗎？這次我們要來了解意指「不～」的「動詞ない形」，理解了否定型，日常生活中能夠表達的事就多了，例如「請不要講電話講到太晚。」、「請不要勉強。」…等等都有用到這個文法。好，讓我們來開始進行第五次的三日學習吧！

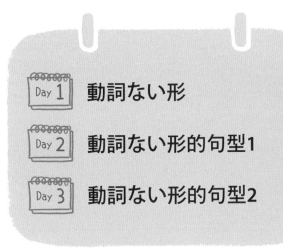

Day 1　動詞ない形

Day 2　動詞ない形的句型1

Day 3　動詞ない形的句型2

動詞ない形

Day 1

核心文法第一階段

動詞的否定形稱為「ない形」，意思是「不～」。

★ **ない形**
- 第一類：字尾改成「あ段」音的字+ない
- 第二類：去除「る」+ない
- 第三類：直接背起來

	基本形		ない形	
第一類	いく	去	いかない	不去
	いそぐ	趕	いそがない	不趕
	まつ	等待	またない	不等
	あそぶ	玩	あそばない	不玩
	のむ	喝	のまない	不喝
	おわる	結束	おわらない	不結束
第二類	みる	看	みない	不看
	たべる	吃	たべない	不吃
第三類	する	做	しない	不做
	くる	來	こない	不來

Tip 字尾是「う段」音的字之動詞 う➡わ+ない

- あう 見面　ああない(✕) あわない(〇)
- かう 買　かあない(✕) かわない(〇)

Tip 「動詞ない形」的敬語是？

在「第三次三日學習」的內容裡學到的「ません（不～）」可以搬到這裡來用。

2 核心文法第二階段 ✨

「動詞ない形」的「ない」改成「なくて」的時候，它的意思是「因為不（沒）～、因為沒能～」，用來說明理由。

★ **動詞ない形 ➡ なくて** 因為不（沒）～（沒能～） (表理由)

- 急がない ➡ 急がなくて
  不趕　　　　　　因為不趕

  しごとが 終わらなくて たいへんです。
  因為工作做不完而感覺很辛苦。

- 食べない ➡ 食べなくて
  沒吃　　　　　　因為沒吃

  ごはんを 食べなくて、元気が ないです。
  因為沒吃飯所以沒體力。

- しない ➡ しなくて
  沒做　　　　因為沒做

  勉強しなくて、テストが むずかしかったです。
  因為沒念書，考試感覺很難。

Tip 「なくて」 vs 「ないて」

●●

「なくて」如上述所示，它的意思是「因為不（沒）～、因為沒能～」用來説明理由；而「ないて」的意思是「沒做～」，用來表示沒做某事的狀態。

- サンドイッチを かわなくて、おにぎりを かいました。(×)
  因為沒買三明治，所以買飯團。
- サンドイッチを かわないで、おにぎりを かいました。(○)
  我沒買三明治，買了飯團。

3 日常生活中會用到的句子

請一邊回想著剛學到的「動詞ない形」一邊念出例句。

朝ごはんは **食べない**。　我不吃早餐。

- -

今日は 学校に **行かない**。　我今天不去學校。

- -

週末には タクシーに **乗らない**。　我週末不搭計程車。

- -

朝ごはんを **食べなくて** めまいが します。

因為沒吃早餐感到頭暈。

- -

かさを **持たないで** 出かけました。

我沒拿傘就出去了。

- -

めがねを **かけなくて** 字が 見えません。

我沒戴眼鏡所以字看不見。

- -

顔を **洗わないで** 寝ました。

我沒洗臉就去睡覺。

- -

週末 **週末** | めまいがする **頭暈** | かさ **雨傘** | 持つ **提、拿** | 出かける **外出** |
眼鏡をかける **戴眼鏡** | 字 **字** | 見える **看得見** | 顔を洗う **洗臉**

4 複習用小測驗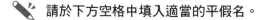

✎ 請於下方空格中填入適當的平假名。

❶ 我週末不搭計程車。
週末には タクシー□乗□ない。

❷ 因為沒吃早餐感到頭暈。
朝ごはんを 食べ□□□ めまいが します。

❸ 我沒洗臉就去睡覺。
顔を 洗わ□□□ 寝ました。

❹ 我沒吃早餐。
朝ごはんは 食□□□。

🔊 以下句子請改成日語講出來。

1
我今天
不去學校。

2
我沒拿傘
就出去了。

3
我沒戴眼鏡所以
字看不見。

再加油
一下下!!

解答P. 187

Day 2　動詞ない形的句型1

┃ 核心文法第一階段 ✦

只要知道「動詞ない形」，就能說出禁止句型「～ないでください（請不要～）」，讓我們來了解一下這個句型。

★ **～ないでください**　請不要～

- 行かない ➡ 行かないで ください
  不去　　　　　　請不要去

- 食べない ➡ 食べないで ください
  不吃　　　　　　請不要吃

- しない ➡ しないで ください
  不做　　　　　請不要做

> **Tip**　「～ないで」、「ください」的細微差異
> ・・・・・・・・・・・・・・・・・・・・・・・・
> 「～ないでください」主要是要求對方不要做某事時使用，也可以用來苦口婆心的勸說對方。
> ● むりしないでください。　請不要勉強。

2 核心文法第二階段 ✨

了解完禁止的句型後，接著讓我們來了解忠告的句型吧！「不要～
比較好」譯成日語是「動詞ない形+ほうがいい」。

★ | ～ないほうがいい |　不要～比較好／最好不要～

- 行かない ➡ 行かない ほうが いい
  不去　　　　　　　　　不去比較好

  お酒は 飲まない ほうが いいです。
  不要喝酒比較好。

- 食べない ➡ 食べない ほうが いい
  不吃　　　　　　　最好不要吃

  たくさん 食べない ほうが いいです。
  最好不要吃太多。

  > 只要在「いい」後面
  > 加上「です」組成
  > 「いいです」，它就
  > 會變成敬語的句型。

- こない ➡ こない ほうが いい
  不來　　　　　最好不要來

  ここに こない ほうが いいです。
  最好不要來這裡。

---

3 日常生活中會用到的句子 ✦

 請一邊回想著剛學到的「動詞ない形」的相關句型一邊念出例句。

あまり 無理_{むり}しないで ください。　請不要太勉強。

ここに 入_{はい}らないで ください。

請不要進去這裡面。

> 「入_{はい}る」屬於第一類動詞，較特別。

心配_{しんぱい}しないで ください。　請別擔心。

その パンは 食_たべないで ください。

請不要吃那個麵包。

約束_{やくそく}を 忘_{わす}れないで ください。

請不要忘記約定。

たばこは 吸_すわない ほうが いいです。

最好不要吸煙。

冬_{ふゆ}には 山_{やま}に 行_いかない ほうが いい。

冬天最好不要去山裡。

あまり 太~、不太~｜無理_{むり} 勉強｜約束_{やくそく} 約定｜忘_{わす}れる 忘記｜
吸_すう 吸｜薬_{くすり}を 飲_のむ 吃藥

4 複習用小測驗 ✦

✎ 請於下方空格中填入適當的平假名。

❶ 冬天最好不要去山裡。
冬には 山に 行か ☐☐ ほうが ☐☐ 。

❷ 請別擔心。
心配し ☐☐☐ ください。

❸ 請不要進去這裡面。
ここに 入 ☐ ないで ください。

❹ 請不要吃那個麵包。
その パンは 食べ ☐☐☐ ください。

第五次三日學習

◀€ 以下句子請改成日語講出來。

1
請不要
忘記約定。

2
最好不要
吸煙。

3
請不要勉強。

明天也會
加油吧!?

解答P.187

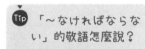

Day 3　動詞ない形的句型2

▌核心文法第一階段 ✦

使用「動詞ない形」也能呈現表現義務的句型「～なければならない（不可以不做～、一定要～）」。

★ 　**～なければならない** 　一定要～

- 行<ruby>か<rt>い</rt></ruby>ない ➡ 行<ruby>い<rt>い</rt></ruby>かなければ ならない
  　　不去　　　　　　不去不行（一定要去）

  <ruby>学校<rt>がっこう</rt></ruby>へ 行<ruby>い<rt>い</rt></ruby>かなければ ならない。
  不去學校不行（一定要去學校）。

- 起<ruby>お<rt>お</rt></ruby>きない ➡ 起<ruby>お<rt>お</rt></ruby>きなければ ならない
  　　不起床　　　　　　不起床不行（一定要起床）

  <ruby>早<rt>はや</rt></ruby>く 起<ruby>お<rt>お</rt></ruby>きなければ なりません。
  一定要早點起床。

- しない ➡ しなければ ならない
  　不做　　　　不做不行（一定要做）

  <ruby>勉強<rt>べんきょう</rt></ruby>しなければ ならない。
  不念書不行。

> **Tip** 「～なければならない」的敬語怎麼說？
> ・・・・・・・・・・・・
> 「～ならない」改成「～なりません」即可。

---

2 核心文法第二階段

現在來了解看看表示許可的句型「即使不做～也可以」吧，這種的句型裡也包含表示否定的「ない形」。

★ **～なくてもいい**　即使不做～也行

- 行かない　➡　行かなくてもいい
  - 不去　　　　　　　　即使不去也行

  会社へ 行かなくてもいい。
  即使不去公司也行。

- 食べない　➡　食べなくてもいい
  - 不吃　　　　　　　　即使不吃也行

  全部 食べなくてもいいです。
  即使沒有全吃完也行。

> 「～なくてもいい」的敬語句型是？
> ....
> 這個句型也是一樣，只要在句尾加上「です」即可。改加上「ですか」就會變成問句。
> - わたしは いかなくてもいいですか。　　我不去也行嗎？

- しない　➡　しなくてもいい
  - 不做　　　　　　即使不做也行

  勉強 しなくてもいい。
  即使不念書也可以。

---

3 日常生活中會用到的句子

請一邊回想著剛學到的「動詞ない形」一邊念出例句。

今日（きょう）は 学校（がっこう）に 行（い）かなくても いい。

今天不去學校也可以。

料理（りょうり）を 作（つく）らなければ なりません。　我一定要做料理。

くつは ぬがなくても いいです。　不脫鞋也行。

明日（あした）までに レポートを 出（だ）さなければ ならない。

明天之前不交出報告不行。

ソースを つけなくても いいですか。

不加醬汁也行嗎？

今日（きょう）は 私（わたし）が 運転（うんてん）しなければ ならない。

我今天一定要開車。

英語（えいご）で 話（はな）さなければ なりませんか。

我一定要用英文說嗎？

料理（りょうり）料理｜作（つく）る 製作｜ぬぐ 脫｜レポートをだす 交報告｜
ソースをつける 加醬汁｜英語（えいご）英文｜払（はら）う 支付

4 複習用小測驗

三天打魚
成功了！

請於下方空格中填入適當的平假名。

❶ 不脫鞋也行。

くつは ぬがな [　] ても いいです。

❷ 我一定要做料理。
料理（りょうり）を 作（つく）ら [　　　　] なりません。

❸ 今天不去學校也可以。
今日（きょう）は 学校（がっこう）に 行（い）か [　　　] いい。

❹ 我今天一定要開車。
今日（きょう）は 私（わたし）が 運転（うんてん）し [　　　] ならない。

第五次三日學習

請依照語意，排列出正確的順序。

❶ 明天之前不交出報告不行。

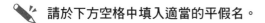
明日（あした） ①出（だ）さなければ ②までに ③レポートを ④ならない

➡ 明日（あした）
_____

❶ 不加醬汁也行嗎？

ソースを ①いい ②つけ ③ですか ④なくても

➡ ソース
_____

解答P.187

你完成了第五次三日學習，
可以說出以下句子了哦！

★ **狀況1**

有英語恐懼症的王先生，他看到客戶那裡來了一位外國員工而感到慌張，然後他向上司問說「我一定得用英文說話嗎？」。

➡

★ **狀況2**

正在減肥的余先生，忍不住餓去找了點東西吃，被人看到後聽到一堆碎碎念，他感到委屈的說「請不要擔心我」。

➡

狀況1：えいごではなさなければなりませんか。
狀況2：しんぱいしないでください。

如果每天都盡全力，總有一天會撐不下去，
但是學習日語其實只要三天打魚就夠了哦！

授受形・可能形

卡債人生，一點一滴地節省還是存不了錢～

授受形・可能形

授受形意指給予跟接受某物的時候所用的表現，在中文裡我給別人東西、或是別人給我東西全都是用「給」，但是日語的授受形在我給別人的時候是使用「あげる」，而別人給我的時候則是用「くれる」，使用時務必要注意。現在讓我們來一起了解授受形、可能形以及進行式和狀態動詞吧！

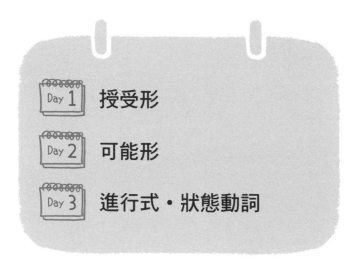

Day 1 授受形

Day 2 可能形

Day 3 進行式・狀態動詞

Day 1

授受形

▌核心文法第一階段 ✧

★ 「我給別人」的時候　あげる

私 は 山田さんに 本を あげました。
わたし　やまだ　　　ほん

我把書給了山田先生。

Tip 主詞是「私（我）」

- 第三者給第三者的時候也是用「あげる」。
- 給予的對象是晚輩或動植物時可以使用「やる」。

★ 「別人給我」的時候　くれる

山田さんは 私に 花を くれました。
やまだ　　　わたし　はな

山田先生把花給我了。

Tip 主詞是「A（別人）」

★ 從別人那裡收到某物時　もらう

私 は 山田さんに 花を もらいました。
わたし　やまだ　　　はな

我從山田先生那裡收到花。

Tip 主詞是「私（我）」

---

2 核心文法第二階段

做某種動作、跟接受某種動作的時候，動詞可以用「て形」連接。

★ 我為別人做～　　（～て）　**あげる**

私 は 山田さんに 歌を 歌って あげました。
我為山田先生唱了首歌。

* 給予的對象是晚輩或動植物時，適合使用「～てやる」。

★ 別人為我做～　　（～て）　**くれる**

山田さんは 私に 本を 読んで くれました。
山田先生念書給我聽。

★ 我從別人那裡得到～　　（～て）　**もらう**

私 は 山田さんに ケーキを 作って もらいました。
我從山田先生那裡得到他替我做蛋糕。
（山田先生為我做蛋糕。）

> 「～てもらう（得到～）」
> 這種句型直譯成中文時句子
> 會非常不自然，所以常常會
> 採意譯，務必要注意助詞。

Tip 授受形中的「わたし（我）」？

出現在授受形中的「わたし（我）」，有時候並不只是指
本人，也會包含我的家人跟我所屬的公司或團體在其中。

發音示範6-1

3 日常生活中會用到的句子

 請一邊回想著剛學到的「授受形」一邊念出例句。

ねこに 魚^{さかな}を やりました。　　把魚給了貓咪。

(私^{わたし}は) 木村^{きむら}さんに 韓国語^{かんこくご}の 本^{ほん}を あげました。

我把韓文的書給了木村先生。

木村^{きむら}さんが (私^{わたし}に) 日本^{にほん}の お土産^{みやげ}を くれました。

木村先生把日本的紀念品給了我。

(私^{わたし}は) 恋人^{こいびと}に ゆびわを もらいました。

我從戀人那裡收到戒指。

友^{とも}だちが(私^{わたし}に) ノートパソコンを 貸^かして くれました。

朋友借我筆電。

(私^{わたし}は) 友^{とも}だちに 車^{くるま}を 貸^かして もらいました。

我從朋友那裡得到他借我車。（朋友把車借給我。）

(私^{わたし}は) 彼女^{かのじょ}に セーターを 作^{つく}って もらいました。

我從女友那裡得到她替我織毛衣。（女友替我織毛衣。）

魚^{さかな} 魚 ｜ 手紙^{てがみ} 信件 ｜ お土産^{みやげ} 紀念品、禮物 ｜ 貸^かす 借 ｜ 作^{つく}る 製作

4 複習用小測驗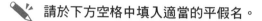

✎ 請於下方空格中填入適當的平假名。

❶ 朋友借我筆電。
友だちが ノートパソコンを 貸して ☐☐ ました。
(とも) (か)

❷ 我從朋友那裡得到他借我車。（朋友把車借給我。）
友だちに 車を 貸して ☐☐☐ ました。
(とも) (くるま) (か)

❸ 木村先生把日本的紀念品給了我。
木村さん ☐ 日本の お土産を ☐☐ ました。
(きむら) (にほん) (みやげ)

❹ 我把韓文的書給了山田先生。
木村さん ☐ 韓国語の 本を ☐☐☐☐ 。
(きむら) (かんこくご) (ほん)

🔊 以下句子請改成日語講出來。

1
把魚給了
貓咪。

2
收到戒指。

3
女友替我
織毛衣。

再加油
一下下!!

解答P. 187

Day 2　可能形

▎核心文法第一階段

可能形的意思是什麼？照字面上那樣，就是「會（能）～」，用可能形表示的方法有兩種，首先我們先來了解可簡易變化的那一種吧！

★ 可能形

- **動詞** 辭書形＋ことができる：會（能）～

よむ ＋ ことが できる ➡ よむ ことが できる
読　＋　　　會～　　　　　　會讀

日本語を　読む　ことが　できます。
我會念日語

日本語を　読む　ことが　できません。
我不會念日語

> 否定句型
> ます ➡ ません

2 核心文法第二階段

第一階段介紹的可能形句型用起來很簡單，但是造出的句子有點太長了吧？其實要表示「可能」只要改變動詞的字尾就可以了，來了解一下這種用法吧。

可能動詞的組合方式

★ 第一類動詞　う段 ➡ え段＋る

• 字尾的「う段」音改成「え段」音的字再加上「る」。

よむ ➡ よめ ＋ る ➡ よめる
讀　　　　　　　　　　　會讀

★ 第二類動詞　る ➡ られる

• 去除字尾「る」再加上「られる」。

たべる ➡ たべられる
吃　　　　　會吃

★ 第三類動詞　不規則動詞

• する ➡ できる　　　• くる ➡ こられる
做　　　　會做　　　　來　　　　會來

Tip 可能動詞前面接的助詞是？

可能動詞前面接的助詞可以是「を」也可以是「が」，但通常會使用「が」。
私は　なっとうが　たべられます。
我　　納豆　　　能吃。

3 日常生活中會用到的句子

 請一邊回想著剛學到的「可能形」一邊念出例句。

日本語<ruby>に<rt>にほんご</rt></ruby>で <ruby>話<rt>はな</rt></ruby>す ことが できます。

我會用日語說話。

カードで <ruby>買<rt>か</rt></ruby>えますか。　能刷卡購買嗎？

<ruby>自転車<rt>じてんしゃ</rt></ruby>に <ruby>乗<rt>の</rt></ruby>る ことが できます。

我會騎腳踏車。

> 「のる（騎乘）」
> 用在可能形的時候，
> 要注意助詞用的是
> 「に」而不是「が」。

さしみが <ruby>食<rt>た</rt></ruby>べられません。　我不能吃生魚片。

ケーキを <ruby>作<rt>つく</rt></ruby>る ことが できません。

我不會做蛋糕。

なっとうは <ruby>食<rt>た</rt></ruby>べる ことが できますか。

你能吃納豆嗎？

<ruby>海<rt>うみ</rt></ruby>で <ruby>泳<rt>およ</rt></ruby>げますか。　你能在海中游泳嗎？

ネットでも ドラマが <ruby>見<rt>み</rt></ruby>られます。

在網路上也能看電視劇。

<ruby>買<rt>か</rt></ruby>う 購買｜<ruby>自転車<rt>じてんしゃ</rt></ruby> 腳踏車｜さしみ 生魚片｜なっとう 納豆｜
<ruby>泳<rt>およ</rt></ruby>ぐ 游泳｜～ても 也～

4 複習用小測驗 ✦

請於下方空格中填入適當的平假名。

❶ 我會騎腳踏車。

自転車 [　] 乗る ことが [　　　]。
（じ てんしゃ）　（の）

❷ 在網路上也能看電視劇。

ネットでも ドラマ [　] 見 [　] ます。
（み）

❸ 我不能吃生魚片。

さしみが 食べ [　　　　]。
（た）

❹ 你能吃納豆嗎？

なっとうは [　　] ことが できますか。

以下句子請改成日語講出來。

> **1**
> 能刷卡購買嗎？

> **2**
> 我會用日語
> 說話。

> **3**
> 你能在海中
> 游泳嗎？

明天也會
加油吧!?

解答P.187

進行式・狀態動詞

｜ 核心文法第一階段

先來了解進行式的句型：進行式就是「正在做～」的意思。

★ 進行式 ～て いる

今 ごはんを たべて いる。　　現在正在吃飯。

今 おさけを のんで いる。　　現在正在喝酒。

今 あめが ふって いる。　　現在下著雨。

★ 「～て いる」的其他意思

毎朝 クラシックを 聞いて います。　　表習慣、反覆
每天早上聽古典音樂。

めがねを かけて います。　　表性質、狀態
我戴著眼鏡。（某人正戴著眼鏡。）

2 核心文法第二階段

用狀態動詞表示某人事物的狀態的時候，表示他動時後面會接「～てある」，表示自動時則是用「～ている」，兩者翻成中文都是「～著／～了」，但涵義有點不同。

★ 他動詞＋てある　（某人）事先準備出來的結果或狀態

- まどを あける ➡ まどが あけて ある
  開窗　　　　　　　窗戶有開著

- 車を とめる ➡ 車が とめて ある
  停車　　　　　　車有停著

★ 自動詞＋ている　單純陳述事物狀態

- まどが あく ➡ まどが あいて いる
  窗戶開了　　　　　窗戶是開著的

- 車が とまる ➡ 車が とまって いる
  車子停了　　　　　車子是停著的

> **Tip** 自動詞、他動詞是什麼？
> ●
> ✓ 自動詞：自動自發或是自然發生的動作
> 　～が はじまる ～開始了／～が おちる ～掉下來了
> 　～が しまる ～關上了／～が でる ～出來了
>
> ✓ 他動詞：某人或是動物造成的動作
> 　～を はじめる 開始～／～を おとす 把～弄掉了
> 　～を しめる 把～關上／～を だす 空出～、交出～

3 日常生活中會用到的句子

📖 請一邊回想著剛學到的「進行式與狀態動詞」一邊念出例句。

映画の チケットが 予約して あります。
訂好電影票了。

- -

ビールは れいぞうこに 入れて あります。
啤酒放在冰箱裡了。

- -

今は ホームで 電車を 待って います。
我正在月台等電車。

- -

雨が 降って います。　正在下著雨。

- -

かぎが かかって います。　鎖著。

- -

教室に さいふが 落ちて います。
錢包掉在教室裡。

- -

家のまえに 車が 止めて あります。
家門口停著車。

- -

予約 預約｜れいぞうこ 冰箱｜入れる 放入（他動詞）｜ホーム 月台、乘車處｜
かぎがかかる 上鎖｜落ちる 掉落｜止める 停

4 複習用小測驗

三天打魚
成功了！

✏️ **請於下方空格中填入適當的平假名。**

❶ 啤酒放在冰箱裡了。

ビールは れいぞうこ ☐ 入れて ☐☐ ます。

❷ 錢包掉在教室裡。

教室に さいふ ☐ 落ち ☐ ☐ ☐ 。

❸ 訂好電影票了。

映画の チケット ☐ 予約し ☐ ☐ ます。

❹ 正在下著雨。

雨が 降って ☐ ☐ ☐ 。

✏️ **請依照語意，排列出正確的順序。**

❶ 家門口停著車。

> 家の ①車が ②止めて ③あります ④まえに

➡ 家の

❶ 我正在月台等電車。

> 今は ①電車を ②ホームで ③います ④待って

➡ 今は

解答P. 187

你完成了第六次三日學習，
可以說出以下句子了哦！

★ **狀況1**

下班途中，王先生聽到新的泡麵上市了的消息，便去了便利商店，正打算結帳的時候發現身上沒現金，他該怎麼說「我可以用卡片結帳嗎？」這句話呢？

➡

★ **狀況2**

余先生今天的心情不錯，周遭的人都問他說：你今天有發生什麼好事嗎？他該怎麼回答說：「朋友幫我織了毛衣。」這句話才好呢？

➡

狀況1：カードでかえますか。／カードでかうことができますか。
狀況2：ともだちにセーターをつくってもらいました。
　　　　ともだちがセーターをつくってくれました。

幹嘛一直拼命？
我只想認真學三天…

假定形・推量形

らいげつから すいえいを
ならう つもりです。
我打算下個月起學游泳。

瘦身就沒辦法
三天解決了…。

授受形・可能形

如果各位中頭彩的話會想要做什麼事？句中的「如果～的話／～的話」就是假定形，日語的假定形有四種，需要按照狀況區分使用場合。各位會不會覺得怎麼有那麼多種呢？但先不要擔心，它們的差異只要仔細地去學習便能一下子輕易理解。推量形也跟著假定形一起學習，我們來開始進行第七次三日學習吧。

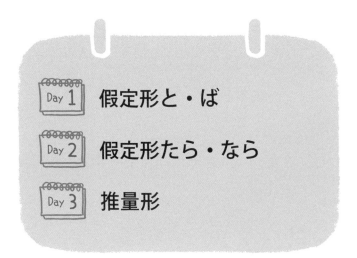

Day 1　假定形と・ば

Day 2　假定形たら・なら

Day 3　推量形

Day 1

假定形と・ば

▌核心文法第一階段 ✦☆

假定形之中的「と」經常用於機器啟動、自然現象、必然的事物、問路的狀況。

★ **假定形「と」** **必然的結果**

接續形態	動詞基本型+と	おすと 按壓的話
	い形容詞基本型+と	たかいと 貴的話
	な形容詞基本型+と	きれいだと 漂亮的話
	名詞+だと	ゆきだと 是雪的話（下雪的話）

この ボタンを おすと 水が 出ます。

按下這按鈕就會有水流出來。

となりが うるさいと 眠れません。

如果隔壁吵鬧的話我就會睡不著。

景色が きれいだと 気持ちが いいです。

風景美的話感覺就會舒服。

雨だと 調子が 悪いです。　下雨的話狀況就會不佳。

---

2 核心文法第二階段

假定形「ば」的常見句型是「もし〜ば（如果〜的話）」，它用於假設條件，由於條件列示在前句之中，重點會擺在前句。句尾不可以出現意志、希望、命令、委託的句型。

★ 假定形 ば　假設條件

接續方式	動詞う段 ➡ え段+ば	かう ➡ かえば 買的話 たべる ➡ たべれば 吃的話 する ➡ すれば 做的話 くる ➡ くれば 來的話
	「い形容詞」い+ければ	やすい ➡ やすければ 便宜的話
	「な形容詞」だ+なら（ば）	ひまだ ➡ ひまなら(ば) 閒的話
	名詞+なら（ば）	しゅうまつ なら(ば) 是周末的話

どう すれば いいですか。
該怎麼做才好？

もし 高^{たか}ければ 買^かいません。
如果貴的話我就不買。

私^{わたし} は お酒^{さけ}を 飲^のめば 顔^{かお}が あかく なります。
我喝酒的話臉就會變紅。

 「あかくなる」的「なる」是什麼意思呢？

動詞「なる」的意思是「成為〜、變〜」，名詞與形容詞的接續方法不同。
✓ い形容詞：おいしい + なる ➡ おいしくなる 變好吃
✓ な形容詞：しずかだ + なる ➡ しずかになる 變安靜
✓ 名詞：せんせい + なる ➡ せんせいになる 成為老師

3 日常生活中會用到的句子

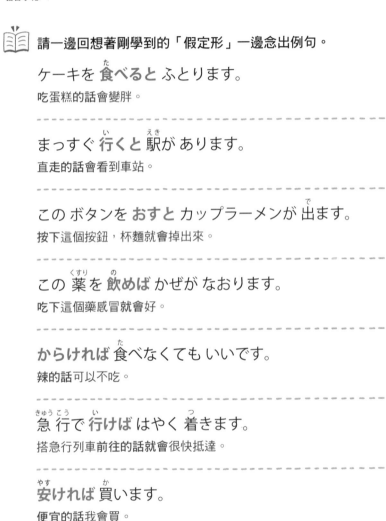

請一邊回想著剛學到的「假定形」一邊念出例句。

ケーキを 食<ruby>た</ruby>べると ふとります。
吃蛋糕的話會變胖。

まっすぐ 行<ruby>い</ruby>くと 駅<ruby>えき</ruby>が あります。
直走的話會看到車站。

この ボタンを おすと カップラーメンが 出<ruby>で</ruby>ます。
按下這個按鈕，杯麵就會掉出來。

この 薬<ruby>くすり</ruby>を 飲<ruby>の</ruby>めば かぜが なおります。
吃下這個藥感冒就會好。

からければ 食<ruby>た</ruby>べなくても いいです。
辣的話可以不吃。

急<ruby>きゅう</ruby>行<ruby>こう</ruby>で 行<ruby>い</ruby>けば はやく 着<ruby>つ</ruby>きます。
搭急行列車前往的話就會很快抵達。

安<ruby>やす</ruby>ければ 買<ruby>か</ruby>います。
便宜的話我會買。

ふとる 胖 | まっすぐ 直直地 | おす 按壓 | 出<ruby>で</ruby>る 出來 | なおる 治好 |
からい 辣 | 着<ruby>つ</ruby>く 抵達 | 安<ruby>やす</ruby>い 便宜 | 買<ruby>か</ruby>う 購買

4 複習用小測驗

✎ 請於下方空格中填入適當的平假名。

❶ 吃下這個藥感冒就會好。
この 薬を ☐☐ ば かぜが なおります。

❷ 辣的話可以不吃。
から ☐☐ ば 食べなく ☐☐ いいです。

❸ 搭急行列車前往的話就會很快抵達。
急行で 行☐ ば はやく 着きます。

❹ 吃蛋糕的話會變胖。
ケーキを 食☐☐ と ふとります。

🔊 以下句子請改成日語講出來。

1
便宜的話
我會買。

2
直走的話會
看到車站。

3
按下這個按鈕，杯
麵就會掉出來。

再加油
一下下！！

解答P.188 ➤

Day 2 假定形たら・なら

┃ 核心文法第一階段 ✦

假定形「たら」中文可譯為是「～的話」，它可接在所有詞性的過去式之後，也是假定形中最常見的種類。「たら」跟「～と」和「～ば」基本同義，日常會話中也常常出現。

★ 假定形 た ら 常見用法

> 過去式+ら

接續形態	動詞た形+ら	降る➡降ったら 下～的話
	い形容詞た形+ら	安い➡安かったら 便宜的話
	な形容詞た形+ら	ひまだ➡ひまだったら 閒的話
	名詞た形+ら	やすみ➡やすみだったら 休息的話

<ruby>雪<rt>ゆき</rt></ruby>が<ruby>降<rt>ふ</rt></ruby>ったら ドライブに <ruby>行<rt>い</rt></ruby>きたい。

下雪的話我想去兜風。

よかったら <ruby>明日<rt>あした</rt></ruby> <ruby>連絡<rt>れんらく</rt></ruby>して ください。

可以的話請明天跟我連絡。

ひまだったら <ruby>一緒<rt>いっしょ</rt></ruby>に <ruby>買<rt>か</rt></ruby>い<ruby>物<rt>もの</rt></ruby>に <ruby>行<rt>い</rt></ruby>きませんか。

沒事的話要不要一起去購物？

---

2 核心文法第二階段

假定形「なら」的意思是「如果～、～的話」，主要用於聽到對方所陳述的意見、情況或決心等時，對對方提出建議、意見等等自己的想法這種情況。

★ 假定形 なら　**建議、提議**

接續形態	動詞辭書形＋なら	行<ruby>く<rt>い</rt></ruby> ➡ 行<ruby>く<rt>い</rt></ruby>なら 去～的話
	「い形容詞」い＋なら	安<ruby>い<rt>やす</rt></ruby> ➡ 安<ruby>い<rt>やす</rt></ruby>なら 便宜的話
	「な形容詞」だ＋なら	すきだ ➡ すきなら 喜歡的話
	名詞＋なら	あめ ➡ あめなら 下雨的話

A：<ruby>服<rt>ふく</rt></ruby>が <ruby>買<rt>か</rt></ruby>いたいですが…。 我想買衣服…。

B：<ruby>服<rt>ふく</rt></ruby>を <ruby>買<rt>か</rt></ruby>うなら <ruby>原宿<rt>はらじゅく</rt></ruby>が いちばん <ruby>安<rt>やす</rt></ruby>いですよ。

你**要買衣服的話**，原宿是最便宜的。

- -

A：<ruby>納豆<rt>なっとう</rt></ruby>は あまり <ruby>好<rt>す</rt></ruby>きじゃ ありません。

我不太喜歡吃納豆。

B：<ruby>納豆<rt>なっとう</rt></ruby>が **きらいなら** <ruby>食<rt>た</rt></ruby>べなくても いいですよ。

要是討厭納豆的話，可以不吃。

Tip 「が」的不同用法

· ·

名詞後面接的助詞「が」可以接在敘述句之後，代表「雖然～、但是～」這樣句子的「轉折」。

✓ <ruby>買<rt>か</rt></ruby>いたいですが。 我雖然想買。
✓ <ruby>日本語<rt>にほんご</rt></ruby>は <ruby>難<rt>むずか</rt></ruby>しいですが、おもしろいです。 日語難，但是很有趣。

3 日常生活中會用到的句子

 請一邊回想著剛學到的「假定形」一邊念出例句。

駅に 着いたら 電話して ください。

到了車站的話請你打電話給我。

- -

予約を キャンセルしたいですが、どうしたら いいです
か。　我想取消訂位，該怎麼做才好？

- -

宝くじに あたったら 何が したいですか。

如果中頭彩的話，你想做什麼？

- -

北海道なら 2月が いいですよ。

北海道的話，二月去比較好哦！

- -

仕事が 終わったら 飲みに 行きませんか。

工作做完的話要不要去喝一杯？

- -

温泉なら 別府が いいですよ。

要去泡溫泉的話，最好去別府（日本的地名）。

- -

新幹線なら 3時間ぐらい かかります。

搭新幹線的話，會花三個小時。

- -

着く 到達｜予約 預約｜宝くじにあたる 中頭彩｜温泉 溫泉｜
新幹線 新幹線（日本的高鐵）

4 複習用小測驗

✎ 請於下方空格中填入適當的平假名。

❶ 北海道的話，二月去比較好哦！
北海道 ⬚⬚ 2月が いいですよ。
ほっかいどう　　　　に がつ

❷ 我想取消訂位，該怎麼做才好？
予約の キャンセルは ⬚⬚⬚⬚⬚ いいですか。
よ やく

❸ 搭新幹線的話，會花三個小時。
新幹線 ⬚⬚ 3時間ぐらい かかります。
しんかんせん　　　　さん じ かん

❹ 工作做完的話要不要去喝一杯？
仕事が 終わっ ⬚⬚ 飲みに 行きませんか。
し ごと　 お　　　　　　 の　　 い

🔊 以下句子請改成日語講出來。

1
要去泡溫泉的話，
最好去別府。

2
如果中頭彩的話，
你想做什麼？

3
到了車站的話請
你打電話給我。

明天也會
加油吧!?

解答P.188

Day 3

推量形

┃ 核心文法第一階段

動詞的推量形「要～」與勸誘形「一起～吧」的形態一模一樣，我們來了解一下它要如何變化吧！

★ 推量形・勸誘形
- 第一類：字尾改成「お段」的字＋う
- 第二類：去除「る」＋よう
- 第三類：直接背起來 する ➡ しよう｜くる ➡ こよう

	基本形		推量形・勸誘形	
第一類動詞	いく	去	いこう	要去／走吧
	いそぐ	加快/趕緊	いそごう	要快／快點吧
	はなす	說	はなそう	要說／說吧
	まつ	等待	まとう	要等／等吧
	あそぶ	玩	あそぼう	要玩／玩吧
	のむ	喝	のもう	要喝／喝吧
	おくる	傳送	おくろう	要傳送／傳送吧
第二類動詞	みる	看	みよう	要看／看吧
	たべる	吃	たべよう	要吃／吃吧
第三類動詞	する	做	しよう	要做／做吧
	くる	來	こよう	要來／來吧

2 核心文法第二階段

正式開始學習推量形的三種的句型吧！

★ 動詞推量形＋と思う　我打算～

家族と 日本へ 行こうと 思う。
我打算跟家人去日本。

★ 動詞辭書形＋つもりだ　我計劃～

週末は 友だちに 会う つもりだ。
我計劃周末要見朋友。

- -

家は 買わない つもりです。
我沒有買房子的打算。

> 否定形「ない」的
> 句型也可以加上
> 「つもりだ」。

★ 動詞辭書形＋予定だ　我預定～

明日は 午後 2時から 会議が ある 予定です。
我預定從明天下午兩點起要開會。

> **Tip**「～つもり」跟「～予定」的差異
>
> ・・・・・・・・・・・・・・・・・・・・・・・・・・・・
>
> ✓ つもり：話者陳述自己的決心時使用。
> ✓ 予定：不包括話者的意向，已決定的事項。

---

3 日常生活中會用到的句子 ⭐

 請一邊回想著剛學到的「推量形」一邊念出例句。

来月<small>らいげつ</small>から 水泳<small>すいえい</small>を 習<small>なら</small>う つもりです。

我計劃從下個月起要學游泳。

- -

来年<small>らいねん</small>は かならず 就職<small>しゅうしょく</small>しようと 思<small>おも</small>います。

我打算明年一定要就業。

- -

授業<small>じゅぎょう</small>が 終<small>お</small>わったら 本屋<small>ほんや</small>へ 行<small>い</small>こうと 思<small>おも</small>います。

我打算上完課後去書店。

- -

明日<small>あした</small> 2時<small>にじ</small>の 飛行機<small>ひこうき</small>で アメリカへ 行<small>い</small>く 予定<small>よてい</small>です。

我預定明天搭兩點的飛機去美國。

- -

アルバイトは しない つもりです。

我不打算打工。

- -

クリスマスに プロポーズしようと 思<small>おも</small>います。

我打算在聖誕節求婚。

- -

野菜<small>やさい</small>を たくさん 食<small>た</small>べようと 思<small>おも</small>います。

我打算多吃點蔬菜。

- -

水泳<small>すいえい</small> 游泳｜習<small>なら</small>う 學習｜就職<small>しゅうしょく</small> 就業｜授業<small>じゅぎょう</small> 課｜プロポーズ 求婚｜野菜<small>やさい</small> 蔬菜

4 複習用小測驗

三天打魚
成功了!

✎ 請於下方空格中填入適當的平假名。

❶ 我不打算打工。

アルバイトは ☐☐☐ つもり ☐☐ 。

❷ 我打算多吃點蔬菜。
野菜^{や さい}を たくさん 食^たべ ☐☐ と 思^{おも}います。

❸ 我打算在聖誕節求婚。

クリスマスに プロポーズ ☐☐☐☐ 思^{おも}います。

❹ 我計劃從下個月起要學游泳。
来月^{らいげつ}から 水泳^{すいえい}を 習^{なら}う ☐☐☐ です。

✎ 請依照語意,排列出正確的順序。

❶ 我預定明天搭兩點的飛機去美國。

> 2時^{に じ}の ①アメリカへ ②飛行機^{ひ こう き}で ③予定^{よ てい}です ④行^いく

➡ 2時^{に じ}の _____

❶ 我打算明年一定要就業。

> 来年^{らいねん}は ①就職^{しゅうしょく} ②思^{おも}っています ③しようと ④かならず

➡ 来年^{らいねん}は _____

解答P. 188

你完成了第七次三日學習，
可以說出以下句子了哦！

★ **狀況1**

今天也是清爽的早晨！坐在旁邊的同事感冒了，王先生想幫他忙，他該怎麼說「吃下這個藥的話感冒就會好。」這句話呢？

➡

★ **狀況2**

余先生不管做什麼都很認真，就連準備就業也是正認真地去做呢！他該怎麼說「我計劃從下個月起要學游泳。」這句話才好呢？

➡

狀況1：このくすりをのめばかぜがなおります。
狀況2：らいげつからすいえいをならうつもりです。

Q：你一天念幾小時書呢？

會成大器的學生：
能多念就多念。

不會成大器的學生：
少問這種問題。

推測形

ボタンが
とれそうです。
鈕扣好像快要脫落了。

這是衣服的問題嗎？？
還是是我的問題？？？

好緊

推測形

第八次三日學習的內容是推測表現，走在路上經過某間咖啡廳前面時，看到展示櫃中擺放的蛋糕會不經意地說出「哇！～應該很好吃。」這句話吧？還有假日打算去某處時，心裡會想著「今天路上應該會塞爆吧？」，就像這樣，藉由經驗或是用自己的感受去推測某種狀況。這在日常生活中常用到，所以這次我們要學習推測形「そうだ、ようだ、らしい」。

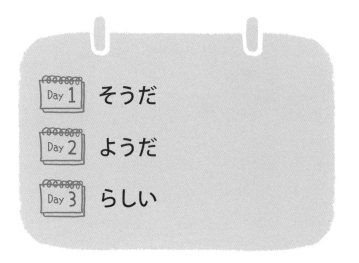

Day 1　そうだ

Day 2　ようだ

Day 3　らしい

Day 1	そうだ

核心文法第一階段

推測表現的「そうだ」的意思是「快要～、看起來～」，話者按照看到的或感覺到的，直覺性地表現出自己的主觀判斷和感受。

★ **推測表現的「そうだ」接續型態**

> 推測表現的「そうだ」前面不可接名詞。

• **動詞ます形＋そうだ**

ふります ＋ そうだ ➡ ふりそうだ
　下　　　　好像～　　　　好像要下了

• **「い形容詞」い＋そうだ**

おいしい ＋ そうだ ➡ おいしそうだ
　好吃　　　好像～　　　　好像好好吃

• **「な形容詞」だ＋そうだ**

ひまだ ＋ そうだ ➡ ひまそうだ
　悠閒　　　看起來～　　　看起來悠閒

Tip 形容詞「ない」與「よい（いい）」的接續形態！

. . . .

• ない ＋ そうだ ➡ なさそうだ（看起來不～／好像不～）
• よい(いい) ＋ そうだ ➡ よさそうだ（看起來不錯／好像不錯）

2 核心文法第二階段

「そうだ」除了用於前面學到的推測表現之外，也可以用來表示傳聞表現，意指話者從他人那裡取得情報，然後要把這個情報傳達出去，也就是「聽說～」。有時也會跟「～によると（根據～）」搭配使用。推測表現與傳聞表現的接續形態不同，各位務必要多加留意。

★ **傳聞表現「そうだ」接續形態**

• **動詞普通形＋そうだ**

ふる ＋ そうだ ➡ ふるそうだ
下　　　聽說～　　　　　聽說會下

> **Tip** 動詞普通形（常體）
> ・ ふる　　　　　　下
> ・ ふらない　　　　沒下
> ・ ふった　　　　　下了
> ・ ふらなかった　　過去沒下

• **い形容詞普通形＋そうだ**

さむい ＋ そうだ ➡ さむいそうだ
冷　　　聽說～　　　　　聽說會冷

> **Tip** い形容詞普通形（常體）
> ・ さむい　　　　　冷
> ・ さむくない　　　不冷
> ・ さむかった　　　過去冷
> ・ さむくなかった　過去不冷

• **な形容詞普通形＋そうだ**

すきだ ＋ そうだ ➡ すきだそうだ
喜歡　　　聽說～　　　　　聽說喜歡

> **Tip** な形容詞普通形（常體）
> ・ すきだ　　　　　喜歡
> ・ すきじゃない　　不喜歡
> ・ すきだった　　　過去喜歡
> ・ すきじゃなかった　過去不喜歡

• **名詞普通形＋そうだ**

やすみだ ＋ そうだ ➡ やすみだそうだ
休假　　　聽說～　　　　　聽說是休假

> **Tip** 名詞普通形（常體）
> 它跟「な形容詞」的形態相同，另外不要忘記名詞後面一定要加上「だ」哦！

3 日常生活中會用到的句子

請一邊回想著剛學到的「そうだ」用法一邊念出例句。

明日は 雪が 降るそうです。　聽說明天會下雪。

この 本は 漢字が 多くて 難しそうです。

這本書漢字多，好像很難。

あの 服は 高そうですね。　那件衣服看起來昂貴。

納豆は おいしく なさそうです。　納豆看起來不好吃。

服の ボタンが とれそうです。

衣服的鈕扣看起來快要脫落了。

彼は ちょっと 遅れるそうです。　他說會晚點到。

この かばんは 丈夫そうです。

這包包看起來很堅固。

天気予報に よると 今日 ３５度にも なるそうだ。

根據氣象報告，聽說今天會到達35度。

漢字 漢字｜難しい 難｜高い 貴｜ボタンがとれる 鈕扣脫落｜
遅れる 晚、遲到｜丈夫だ 堅固｜３ ５ 35

4 複習用小測驗 ✦✧

✎ 請於下方空格中填入適當的平假名。

❶ 聽說明天會下雪。
明日<ruby>あした</ruby>は 雪が<ruby>ゆき</ruby> ☐☐ そうです。

❷ 衣服的鈕扣看起來快要脫落了。
服<ruby>ふく</ruby>の ボタンが とれ ☐☐ です。

❸ 納豆看起來不好吃。
納豆<ruby>なっとう</ruby>は おいしく ☐☐ そうです。

❹ 這本書漢字多，好像很難。
この 本<ruby>ほん</ruby>は 漢字<ruby>かんじ</ruby>が 多<ruby>おお</ruby>くて ☐☐☐☐ そうです。

🔊 以下句子請改成日語講出來。

> **1**
> 他說會
> 晚點到。

> **2**
> 那件衣服看
> 起來昂貴。

> **3**
> 這包包看起來
> 很堅固。

再加油
一下下！！

解答P.188

第八次三日學習

133

Day 2 — **ようだ**

核心文法第一階段 ✦

推測表現中的「ようだ」用於話者根據經驗或根據，陳述主觀的判斷的情況，它的意思是「（依我所見）好像是～」。

★ **推測表現的「ようだ」接續形態**

- **動詞普通形＋ようだ**

<ruby>勉強<rt>べんきょう</rt></ruby> している ＋ ようだ ➡ <ruby>勉強<rt>べんきょう</rt></ruby> しているようだ

正在念書　　　　好像～　　　　　好像正在念書

- **い形容詞普通形＋ようだ**

わるい ＋ ようだ ➡ わるいようだ

不好　　　好像～　　　　好像不好

- **な形容詞な形＋ようだ**

ひまだ ＋ ようだ ➡ ひまなようだ

悠閒　　　好像～　　　好像很閒

- **名詞の＋ようだ**

<ruby>日本人<rt>にほんじん</rt></ruby> ＋ ようだ ➡ <ruby>日本人<rt>にほんじん</rt></ruby> のようだ

日本人　　　好像～　　　好像是日本人

> 跟「まるで（彷彿）」搭配使用的時候會成為比喻的句型。

2 核心文法第二階段 ✦

「みたいだ」跟推測表現「ようだ」相同，經常出現在會話之中。雖然它跟「ようだ」同義，但是與「な形容詞」、名詞接續時其形態變化的方式和「ようだ」並不相同，使用時要注意。

★ 推測表現的「みたいだ」接續形態

- **動詞普通形＋みたいだ**

  勉強(べんきょう)している ＋ みたいだ ➡ 勉強(べんきょう)しているみたいだ
  正在念書　　　　好像～　　　　　好像正在念書

- **い形容詞普通形＋みたいだ**

  わるい ＋ みたいだ ➡ わるいみたいだ
  不好　　　好像～　　　　好像不好

- **な形容詞だ＋みたいだ**

  ひまだ ＋ みたいだ ➡ ひまみたいだ
  閒　　　　好像～　　　　好像很閒

- **名詞＋みたいだ**

  日本人(にほんじん) ＋ みたいだ ➡ 日本人(にほんじん)みたいだ
  日本人　　　好像～　　　好像是日本人

---

3 日常生活中會用到的句子

 請一邊回想著剛學到的「ようだ」的用法一邊念出例句。

彼<ruby>彼<rt>かれ</rt></ruby>は 今日<ruby>今日<rt>きょう</rt></ruby> こないようです。

他今天好像不會來。

- -

木村<ruby>木村<rt>きむら</rt></ruby>さんは からい ものが 好<ruby>好<rt>す</rt></ruby>きなようです。

木村先生好像喜歡吃辣。

- -

今日<ruby>今日<rt>きょう</rt></ruby>は まるで 秋<ruby>秋<rt>あき</rt></ruby>のようですね。

今天彷彿像秋天一樣。

- -

熱<ruby>熱<rt>ねつ</rt></ruby>が あるようです。

好像有發燒。

- -

鼻水<ruby>鼻水<rt>はなみず</rt></ruby>も 出<ruby>出<rt>で</rt></ruby>て きて、風邪<ruby>風邪<rt>かぜ</rt></ruby>を ひいたようです。

也開始流鼻水，好像是感冒了。

- -

あの 車<ruby>車<rt>くるま</rt></ruby>は おもちゃみたいだ。

那台車好像玩具。

- -

先生<ruby>先生<rt>せんせい</rt></ruby>は 今日<ruby>今日<rt>きょう</rt></ruby> 休<ruby>休<rt>やす</rt></ruby>みみたいです。

老師好像今天休假。

- -

まるで 彷彿 | 秋<ruby>秋<rt>あき</rt></ruby> 秋天 | 熱<ruby>熱<rt>ねつ</rt></ruby>（發）燒 | 風邪<ruby>風邪<rt>かぜ</rt></ruby>をひく 感冒 | おもちゃ 玩具

✎ **請於下方空格中填入適當的平假名。**

❶ 木村先生喜好像歡吃辣。

木村さんは からい ものが 好き[　]ようです。

❷ 今天彷彿像秋天一樣。

今日は まるで 秋[　]ようですね。

❸ 他今天好像不會來。

彼は 今日は [　　]ようです。

❹ 那台車好像玩具。

あの 車は おもちゃ[　　]だ。

🔊 **以下句子請改成日語講出來。**

1
老師好像
今天休假。

2
好像是感冒了。

3
好像有發燒。

明天也會
加油吧!?

解答P. 188

Day 3

らしい

┃ 核心文法第一階段 ✦

推測表現「らしい」是用以客觀的傳達聽到的各種狀況的表現，可以將它解釋成「似乎～、像是～、聽說～」。

★ らしい的接續形態

• **動詞普通形＋らしい**

りゅうがく
留学する ＋ らしい ➡ 留学するらしい
去留學　　　　好像～　　　好像去留學了（聽說去留學了）

• **「い形容詞」普通形＋らしい**

わるい ＋ らしい ➡ わるいらしい
不好　　　好像～　　好像不好（聽說不好）

• **な形容詞だ＋らしい**

ひまだ ＋ らしい ➡ ひまらしい
閒　　　好像～　　　好像很閒

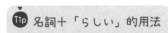

Tip 名詞＋「らしい」的用法

• 日本人らしい 像日本人
• 春らしい 像春天

• **名詞＋らしい**

にほんじん
日本人 ＋ らしい ➡ 日本人らしい
日本人　　好像～　　　好像是日本人

「～かもしれない（也許／可能～）」的接續形態跟「らしい」相同，用以表示可能性。這裡跟「～でしょう（應該～／～吧？）」這個用來避免「斷定」的表現一起介紹。

★ ~かもしれない　也許／可能~

おおあめ　でんしゃ　おく
大雨で 電車が 遅れるかもしれない。

也許會因為豪雨導致電車誤點。

> **Tip** 助詞「で」的用法
>
> ・・・
>
> 助詞「で」接在地點後面的時候表示某人或物位於地點之內，如「学校で（在學校裡）」，而接在交通工具後面的時候，會用來表示搭乘那個交通工具，如「バスで（搭公車）」。最後，在敘述原因、理由的情況之時「で」也可以代表「因為～」，如例句的「大雨で（因為豪雨）」。

ひと　に ほんじん
あの 人は 日本人かもしれません。

那個人可能是日本人。

★ ~でしょう　應該~，~吧？

この すいかは あまいでしょう。

這顆西瓜很甜吧？（應該很甜。）

つか
この カードは 使えないでしょう。

這張卡片沒辦法使用吧？（應該沒辦法用。）

3 日常生活中會用到的句子

 請一邊回想著剛學到的「らしい」用法一邊念出例句。

うわさでは 彼女（かのじょ）は 会社（かいしゃ）を やめるらしいです。

根據傳聞聽說她會離開公司。

明日（あした）は 雨（あめ）かもしれません。　明天可能會下雨。

今日（きょう）は 冬（ふゆ）らしい 天気（てんき）ですね。

今天的天氣很像冬天。

あの 先生（せんせい）の 授業（じゅぎょう）は おもしろいでしょう。

那位老師的課應該很有趣。

ここよりも あちらの ほうが しずかかもしれない。

也許那裡比這裡還安靜。

佐藤（さとう）さんは 前（まえ）は 俳優（はいゆう）だったらしいです。

聽說佐藤先生以前是演員。

彼（かれ）は きっと くるでしょう。

他應該會來。

うわさ 傳聞｜やめる 辭掉｜天気（てんき）天氣｜授業（じゅぎょう）課｜あちら 那裡｜より 比～｜
しずかだ 安靜｜俳優（はいゆう）演員｜きっと 一定

4 複習用小測驗

三天打魚
成功了！

✎ **請於下方空格中填入適當的平假名。**

❶ 明天可能會下雨。

明日（あした）は ☐☐ かもしれません。

❷ 也許那裡比這裡還安靜。

ここよりも あちらの ほうが ☐☐ かもしれない。

❸ 他應該會來。

彼（かれ）は きっと くる ☐☐☐☐ 。

❹ 今天的天氣很像冬天。

今日（きょう）は 冬（ふゆ）☐☐☐ 天気（てんき）ですね。

✎ **請依照語意，排列出正確的順序。**

❶ 根據傳聞聽說她會離開公司。

> うわさでは ①会社（かいしゃ）を ②彼女（かのじょ）は ③らしいです ④やめる

➡ うわさでは

❷ 那位老師的課應該很有趣。

> あの ①授業（じゅぎょう）は ②おもしろい ③先生（せんせい）の ④でしょう

➡ あの

解答P.188 ➡

第八次三日學習

你完成了第八次三日學習，可以說出以下句子了哦！

★ 狀況1

今天要開會，客戶那裡來了連絡，他說：今天會晚點到，我該怎麼跟部長說「山田先生說他會晚點到。」這句話才好呢？

➡

★ 狀況2

明天要面試，余先生穿好衣服後感到難為情，媽媽問他說：發生什麼事了？他該怎麼說「鈕扣看起來快要脫落了。」這句話才好呢？

➡

狀況1：やまださんはちょっとおくれるそうです。
狀況2：ボタンがとれそうです。

今天就到此為止。
再學下去會變天才哦！

被動形・使役形・使役被動形

となりの いぬに
かまれました。
我被隔壁家的狗咬了。

光想就又痛起來了

被動形・使役形・使役被動形

講到被動形，會聯想到自己被某人做了什麼事這種場景吧？這也沒錯，但是「受到稱讚」、「被發現」、「被創造出來」等等這些也是被動形之一，它是很常見的表現。學習被動形的同時，我們也一起來了解使役形跟使役被動形的差異吧！準備好開始進行第九次三日學習了嗎？

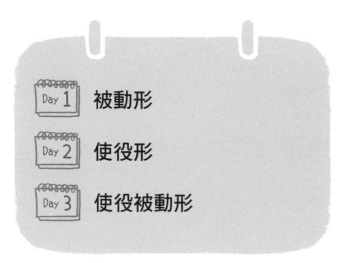

Day 1 **被動形**

Day 2 **使役形**

Day 3 **使役被動形**

Day 1

被動形

▌ 核心文法第一階段 ✦☆

「被動形」用以表現受到某人的動作影響，除此之外它也含有「接受～、被～、被～」等等多種意思，我們先從接續形態開始了解吧！

★ 被動形
- 第一類：字尾改成「あ段」音的字＋れる
- 第二類：去除「る」＋られる
- 第三類：直接背起來 する➡される ｜ くる➡こられる

	基本形		被動形	
第一類動詞	かく	寫	かかれる	被寫
	ふむ	踩	ふまれる	被踩
	しかる	叱責	しかられる	被罵
	ぬすむ	偷	ぬすまれる	被偷
	えらぶ	選擇	えらばれる	被選擇
	さそう	勸誘	さそわれる	被勸誘
第二類動詞	ほめる	稱讚	ほめられる	被稱讚
	みる	看	みられる	被看到，被發現
第三類動詞	する	做	される	被做～
	くる	來	こられる	被某人來訪

> **Tip** 字尾是「う」的動詞
> ‥‥‥‥‥‥‥‥‥‥‥‥‥‥‥‥‥‥‥‥‥‥
> ✓ つかう 使用 つかあれる(✕) つかわれる(○) 被使用
> ✓ いう 説 いあれる(✕) いわれる(○) 被説、傳言

2 核心文法第二階段 ✦

我們來看一下被動形的種類，以及助詞要用什麼吧！

★ 直接被動

先生に ほめられました。　我被老師稱讚了。

先生に しかられました。　我被老師責罵了。

★ 間接被動（受害被動）

友だちに こられて 勉強 できませんでした。
因為朋友來訪才會無法念書。（因為朋友來訪而受損害）

雨に 降られて かぜを ひきました。
因為淋了雨才會感冒。（因為淋雨而受損害）

★ 無受害意識的被動形

チーズは ミルクから 作られます。
起司是用牛奶製作而成的。

> Tip 無人受害的客觀句型可以用「～によって」，而原料可以用「～から」。

このビルは 有名な 人によって 建てられた。
這棟建築物是有名的人所造造的。

發音示範9-1

3 日常生活中會用到的句子

 請一邊回想著剛學到的「被動形」一邊念出例句。

地下鉄で 財布を 盗まれました。

錢包在地下鐵裡被偷走了。

───────────────────────

となりの 犬に かまれました。

我被隔壁家的狗咬了。

───────────────────────

急 に 友だちに こられて 勉強できませんでした。

朋友突然來找我害我沒辦法念書。

───────────────────────

昨日、雨に 降られて 風邪を ひきました。

昨天淋了雨才會感冒。

───────────────────────

バスの 中で 知らない 人に 足を 踏まれました。

我在公車裡被不認識的人踩到腳。

───────────────────────

この スープは じゃがいもから 作られました。

這碗湯是用馬鈴薯做成的。

───────────────────────

昨日 木村さんに こくはくされました。

我昨天被木村先生告白了。

───────────────────────

盗む 偷│指 手指│かむ 咬│踏む 踩│じゃがいも 馬鈴薯│

～から 用～、從～（材料）│作る 製作│こくはくする 告白

4 複習用小測驗

✎ 請於下方空格中填入適當的平假名。

❶ 我被隔壁家的狗咬了。

となりの 犬に か□□ました。

❷ 我被不認識的人踩到腳。

知らない 人□足□踏□□ました。

❸ 朋友突然來找我,害我沒辦法念書。

急に 友だち□□□□□□勉強できませんでした。

❹ 錢包在地下鐵裡被偷走了。

地下鉄で 財布□盗□□ました。

🔊 以下句子請改成日語講出來。

1
被告白。

2
被雨淋了。

3
用馬鈴薯做成的。

再加油
一下下!!

解答P. 189

第九次三日學習

Day 2

使役形

| 核心文法第一階段 ⋆⋆

使役形的意思是「使喚他人～、讓他人～」，它是含有指使跟命令意味的表現，雖然大部份的情況都有強制意思，但是它也有非強迫的「許可」意思。

★ 使役形
- 第一類：字尾改成「あ段」音的字＋せる
- 第二類：去除「る」＋させる
- 第三類：直接背起來 する➡させる｜くる➡こさせる

	基本形		使役形	
第一類動詞	いく	去	いかせる	讓～去
	よむ	讀	よませる	讓～讀
	やすむ	休息	やすませる	讓～休息
	つくる	製作	つくらせる	讓～製作
	あそぶ	玩	あそばせる	讓～玩
第二類動詞	みる	看	みさせる	讓～看
	やめる	停止	やめさせる	讓～停止
第三類動詞	する	做	させる	讓～做
	くる	來	こさせる	讓～來

> **Tip** 字尾是「う」的動詞
> ....
> ✔ つかう 使用　つかあせる(✕)　つかわせる(○)讓～使用
> ✔ わらう 説　　わらあせる(✕)　わらわせる(○)讓～笑

2 核心文法第二階段 ✨

基本上使役形的意思是「使喚～做～（讓～做）」，它使用的句型是「～に～を～（さ）せる」，請各位牢牢記住的句型中使用的助詞。

★ 使役形的句型

試験が 終わって 学生たちを 休ませました。

考試結束後，讓學生休息了。

母は 子どもに ほうれんそうを 食べさせました。

媽媽讓孩子吃了菠菜。

★ 使役形＋てください　請讓我～

意為許可與請求

明日、休ませて ください。

明天**請讓我**休息。

- - - - - - - - - -

はやく 家へ 帰らせて ください。

請讓我早點回家。

- - - - - - - - - -

公園で 遊ばせて ください。

請讓我在公園玩。

- - - - - - - - - -

私 に させて ください。

請讓我去做。

發音示範9-2

3 日常生活中會用到的句子

 請一邊回想著剛學到的「使役形」一邊念出例句。

母_{はは}は いつも 私_{わたし}に そうじを させます。

媽媽總是叫我打掃。

子供_{こども}に 公園_{こうえん}を 散歩_{さんぽ}させました。

讓孩子去公園散步。

子供_{こども}に ピアノを 習_{なら}わせました。

讓孩子學習鋼琴。

友達_{ともだち}を 1時間_{いちじかん}も 待_またせました。

讓朋友等了有一個小時。

先生_{せんせい}は 学生_{がくせい}に グラウンドを 走_{はし}らせました。

老師叫學生跑操場。

いつも 両親_{りょうしん}を 心配_{しんぱい}させます。

總是讓父母擔心。

約束_{やくそく}の 時間_{じかん}に 遅_{おく}れて 彼女_{かのじょ}を 怒_{おこ}らせて しまった。

因為約會遲到讓女友生氣。

そうじ 打掃｜習_{なら}う 學習｜待_まつ 等待｜運動場_{うんどうじょう} 操場｜走_{はし}る 跑｜
心配_{しんぱい} 擔心｜遅_{おく}れる 晚到｜怒_{おこ}る 生氣

4 複習用小測驗 ✧

✎ 請於下方空格中填入適當的平假名。

❶ 總是讓父母擔心。
いつも 両親▢ 心配▢▢ ます。
（りょうしん）（しんぱい）

❷ 媽媽總是叫我打掃。
母は いつも 私▢ そうじ▢ させます。
（はは）（わたし）

❸ 讓孩子學習鋼琴。
子供▢ ピアノ▢ 習▢▢ ました。
（こ ども）（なら）

❹ 讓朋友等了有一個小時。
友達を 1時間▢ 待▢▢ ました。
（ともだち）（いち じ かん）（ま）

🔊 以下句子請改成日語講出來。

1
讓父母擔心。

2
叫學生跑操場。

3
讓孩子去
公園散步。

明天也會
加油吧!?

解答P.189

使役被動形

Day 3

┃ 核心文法第一階段

使役被動形就是使役形的「指使」加上被動形的「被～」，具有無可奈何地被要求做不想做的事之意思。

★ **使役被動形**
- 第一類：字尾改成「あ段」音的字+せられる（＝される）
- 第二類：去除「る」+させられる
- 第三類：直接背起來 する➡させられる
  　　　　　　　　　くる➡こさせられる

	基本形		使役被動形	
第一類動詞	かう	買	かわせられる	被迫要買
	いく	去	いかせられる	被迫要去
	のむ	喝	のませられる	被迫要喝
	まつ	等	またせられる	被迫要等
第二類動詞	みる	看	みさせられる	被迫要看
	たべる	吃	たべさせられる	被迫要吃
第三類動詞	する	做	させられる	被迫要做
	くる	來	こさせられる	被迫要來

> **Tip** 第一類動詞的使役被動形的縮寫形態
>
> ．．．．．．．．．．．．．．．．．．．．．．．
>
> 第一類：字尾改成「あ段」音的字+せられる（＝される）
> ✓ かう（買）➡かわせられる＝かわされる
> ✓ のむ（喝）➡のませられる＝のまされる
> 但是，字尾為「す」的動詞跟第二、三類動詞無法改成縮寫形。

2 核心文法第二階段 ✦

使役被動形的意思是「被某人強迫要～」，它使用的句型是「～に～（を）～（さ）せられる」，而的句型中指使者後面接的助詞「に」，請牢牢記住這一點。

★ 使役被動形的助詞

先輩に　お酒を　飲ませられました。（＝飲まされました）
我被前輩強迫喝酒。

➡ 前輩要我喝酒，我無可奈何地喝下去。

- -

友だちに　2時間も　待たせられました。（＝待たされました）
我被朋友強迫　等他兩個小時。

➡ 朋友要我等他兩個小時，我無可奈何地等他。

- -

母に　ほうれんそうを　食べさせられました。
我被媽媽強迫吃菠菜。

➡ 媽媽要我吃菠菜，我無可奈何地吃下去。

- -

父に　アルバイトを　やめさせられました。
我被爸爸強迫辭掉打工。

➡ 爸爸要我辭掉打工，我無可奈何地辭掉。

3 日常生活中會用到的句子 ✦

 請一邊回想著剛學到的「使役被動形」一邊念出例句。

先生<ruby>せんせい</ruby>に 本<ruby>ほん</ruby>を 読<ruby>よ</ruby>ませられました(読<ruby>よ</ruby>まされました)。

被老師強迫看了書。

先輩<ruby>せんぱい</ruby>に お酒<ruby>さけ</ruby>を 飲<ruby>の</ruby>ませられました(飲<ruby>の</ruby>まされました)。

被前輩強迫喝了酒。

子供<ruby>こども</ruby>の 時<ruby>とき</ruby>、母<ruby>はは</ruby>にピアノを 習<ruby>なら</ruby>わせられました(習<ruby>なら</ruby>わされました)。　小時候被媽媽強迫學了鋼琴。

友達<ruby>ともだち</ruby>に 1時間<ruby>いちじかん</ruby>も 待<ruby>ま</ruby>たせられました(待<ruby>ま</ruby>たされました)。

被迫等了朋友一個小時。

父<ruby>ちち</ruby>に にんじんを 食<ruby>た</ruby>べさせられました。

被爸爸強迫吃了紅蘿蔔。

カラオケに 行<ruby>い</ruby>ったら 歌<ruby>うた</ruby>を 歌<ruby>うた</ruby>わせられます(歌<ruby>うた</ruby>わされます)。　去KTV會被迫唱歌。

社長<ruby>しゃちょう</ruby>に 遅<ruby>おそ</ruby>くまで 残業<ruby>ざんぎょう</ruby>させられました。

被社長強迫加班到很晚。

習<ruby>なら</ruby>う 學習 ｜ にんじん 紅蘿蔔 ｜ 歌<ruby>うた</ruby> 歌 ｜ 遅<ruby>おそ</ruby>くまで 到很晚 ｜ 残業<ruby>ざんぎょう</ruby> 加班

4 複習用小測驗

三天打魚
成功了！

請於下方空格中填入適當的平假名。

❶ 被前輩強迫喝了酒。
先輩に お酒を 飲ま ☐☐ ました。

❷ 被迫等了朋友一個小時。
友達に 1時間も 待た ☐ ました。

❸ 被爸爸強迫吃了紅蘿蔔。
父 ☐ にんじん ☐ 食べさせられました。

❹ 被老師強迫看了書。
先生 ☐ 本を ☐☐☐☐☐ ました。

請依照語意，排列出正確的順序。

❶ 小時候被媽媽強迫學了鋼琴。

子供の時、 ①ピアノ ②母に ③を ④習わせられました

➡ 子供の時、

❷ 去KTV會被迫唱歌。

カラオケに ①歌 ②行ったら ③歌わされます ④を

➡ カラオケに

解答P. 189

你完成了第九次三日學習，
可以說出以下句子了哦！

★ **狀況1**

王先生綁著繃帶來公司，大家都問說：「你怎麼受傷了？」他該怎麼說「我昨天被隔壁家的狗咬傷了。」這句話呢？

➡

★ **狀況2**

余先生終於找到工作了，真是恭喜他，不過他看起來很疲倦呢！他該怎麼說「被前輩強迫喝了酒。」這句話才好呢？

➡

状況1：きのうとなりのいぬにかまれました。
状況2：せんぱいにおさけをのませられました。
　　　　せんぱいにおさけをのまされました。

自從開始三日學習之後，
我的身體裡流淌著日語的血。

命令形・敬語

おひるごはんは
めしあがりましたか。
您吃午餐了嗎？

他長得好帥～
你在我心中是A++++

命令形・敬語

終於到了第十次三日學習了呢！最後我們來看一下命令形與敬語吧！如同大家都知道的那樣，命令形就是「去～、給我～」的意思，只要改變動詞即可。然後我們對公司上司或是客人不會説「你要去哪？」而是説「您要去哪裡？」或是「我會為您做～」這樣比較有禮貌地説話方式吧？日語裡這稱為敬語。敬語又分為話者提高對方的地位的「尊敬語」，和話者降低自己的地位的「謙讓語」。哪麼，來看看三日學習的最後一章吧！

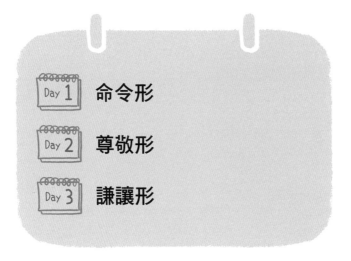

Day 1	命令形
Day 2	尊敬形
Day 3	謙讓形

命令形

核心文法第一階段

命令形意指「去～、給我～」，隨著動詞種類不同，形態也會跟著變化。

★ **命令形**
- 第一類：字尾改成「え段」音的字
- 第二類：る→改成ろ
- 第三類：直接背起來 する ➡ しろ｜くる ➡ こい

	基本形		命令形	
第一類動詞	いく	去	いけ	給我去！
	いそぐ	加快/趕緊	いそげ	給我快一點！
	のむ	喝	のめ	給我喝下去！
	まつ	等	まて	給我等！
第二類動詞	みる	看	みろ	看啊！
	たべる	吃	たべろ	給我吃下去！
第三類動詞	する	做	しろ(せよ)	去做！
	くる	來	こい	給我過來！

> **Tip** 常用的命令形有哪些呢？
>
> ✓ とまる ➡ あぶない。とまれ。｜気を つける ➡ 気を つけろ。
> 　　停止　　危險！　給我停住！　小心　　　　小心！
> ✓ がんばる ➡ がんばれ。走れ。｜勉強する ➡ ちゃんと 勉強しろ。
> 　　加油　　　加油！去跑步！　念書　　　　　　給我好好念書！

2 核心文法第二階段

動詞ます形＋なさい（去～、給我～）或是只使用「動詞て形」也可以做出命令形，女性對孩子或晚輩說話時常會使用這的句型。

★ 動詞ます形＋なさい 去～、給我～

本を 読みなさい。　去讀書！

ごはんを 食べなさい。　去吃飯！

勉強を しなさい。　去念書！

★ 動詞て形 去～！

本を 読んで。　去讀書！

ごはん 食べて。　去吃飯！

勉強 して。　去念書！

★ 動詞辞書形＋な 不準～ 表禁止

お酒を 飲むな。　不準喝酒！

タバコを 吸うな。　不準抽煙！

發音示範10-1

3 日常生活中會用到的句子

 請一邊回想著剛學到的「命令形」一邊念出例句。

ゲームは もう やめなさい。

別玩遊戲了。

<ruby>早<rt>はや</rt></ruby>く <ruby>寝<rt>ね</rt></ruby>なさい。

快去睡。

お<ruby>酒<rt>さけ</rt></ruby>を <ruby>飲<rt>の</rt></ruby>んだら <ruby>運転<rt>うんてん</rt></ruby>するな。

喝酒的話就不準開車。

それ <ruby>何<rt>なに</rt></ruby>。 ちょっと <ruby>見<rt>み</rt></ruby>せて。

那是什麼？讓我看！

<ruby>運動不足<rt>うんどうぶそく</rt></ruby>じゃない。 <ruby>少<rt>すこ</rt></ruby>しは <ruby>走<rt>はし</rt></ruby>れよ。

你運動不足吧？去跑一下啦。

がんばれ。 <ruby>負<rt>ま</rt></ruby>けるな。

加油！不要輸！

<ruby>机<rt>つくえ</rt></ruby> の <ruby>上<rt>うえ</rt></ruby>を <ruby>片付<rt>かたづ</rt></ruby>けなさい。

去整理書桌！

やめる 停止｜<ruby>見<rt>み</rt></ruby>せる 給～看｜<ruby>運動不足<rt>うんどうぶそく</rt></ruby> 運動不足｜<ruby>走<rt>はし</rt></ruby>る 跑步｜
<ruby>負<rt>ま</rt></ruby>ける 輸｜<ruby>片付<rt>かたづ</rt></ruby>ける 整理

4 複習用小測驗 ✦

✎ 請於下方空格中填入適當的平假名。

❶ 喝酒的話就不準開車。
お酒を 飲んだら 運転する ☐ 。

❷ 別玩遊戲了。
ゲームは もう ☐ なさい。

❸ 你運動不足吧？去跑一下啦。
運動不足じゃない？ 少しは 走 ☐ よ。

❹ 加油！不要輸！
がんば ☐ 。 負ける ☐ 。

🔊 以下句子請改成日語講出來。

1
快去睡。

2
那是什麼？
讓我看！

3
去整理書桌！

再加油
一下下！！

解答P. 189

尊敬形

1 核心文法第一階段

尊敬形是話者提高對方地位的表現方法，我們先來了解尊敬形的變化規則吧！

★ **尊敬形**
- 例外動詞：專用的特殊敬語
- 一般動詞1：套入尊敬形公式1
- 一般動詞2：改成被動形（比較沒敬意）

例外動詞		專用的特殊尊敬形敬語	
行く	去		去
くる	來	いらっしゃいます	來
いる	在		在
言う	説話	おっしゃいます	説話
する	做	なさいます	做
くれる	給（我）	くださいます	給（我）
食べる	吃	めしあがります	吃
飲む	喝		喝
見る	看	ごらんになります	看
知っている	知道	ごぞんじです	知道

> **Tip** 請注意「いらっしゃる、おっしゃる、なさる、くださる」的「ます形」不是去除「る」改成「り」而是改成「い」。

沒有特殊形態的動詞，只要套入公式即可。

★ 尊敬形公式1

> 這裡提到的「動詞連用形」也就是將「動詞ます形」的「ます」去掉後的型態。

お＋動詞連用形＋になります

・読みます ➡ お読みになります
　　読　　　　　　　　　　読

★ 尊敬形公式2

> 被動形的變化請回到第九次三日學習的章節查看確認吧！

會用到被動形的尊敬形

・書く ➡ 書かれる 寫　　｜　する ➡ される 做
・起きる ➡ 起きられる 起來　｜　くる ➡ こられる 來

★ 尊敬形的請求表現

お＋動詞連用形＋ください　　**ご＋「漢字」構成的詞＋ください**

・しらせます ➡ おしらせ ください
　　通知　　　　　　　　請通知我
・連絡 ➡ ご連絡 ください
　連絡　　　　請連絡我

發音示範10-2

3 日常生活中會用到的句子

 請一邊回想著剛學到的「尊敬形」一邊念出例句。

韓国には いつ こられますか。

您什麼時候會來韓國？

- -

お昼ご飯は 召し上がりましたか。

您吃午餐了嗎？

- -

日本に 旅行なさった ことが ありますか。

您有去日本旅行過嗎？

- -

ここに ご住所と お名前を お書きください。

請您在這裡寫上您的地址跟大名。

- -

部長は 何時ごろ お戻りになりますか。

部長幾點會回來？

- -

この 本は 松本先生が お書きになりました。

這本書是松本先生寫的。

- -

お昼ご飯 午餐｜旅行 旅行｜戻る 回來、回去

4 複習用小測驗

請於下方空格中填入適當的平假名。

① 您什麼時候會來韓國？
韓国(かんこく)には いつ いらっしゃ [　] ますか。

② 您有去日本旅行過嗎？
日本(にほん)に 旅行(りょこう) [　] った ことが ありますか。

③ 部長幾點會回來？
部長(ぶちょう)は 何時(なんじ)ごろ お戻(もど)りに [　] ますか。

④ 這本書是松本先生寫的。
この 本(ほん)は 松本先生(まつもとせんせい)が お [　] になりました。

以下句子請改成日語講出來。

1
您吃午餐了嗎？

2
您什麼時候
會來韓國？

3
請您在這裡寫上
您的大名。

明天也會
加油吧!?

解答P. 189

謙讓形

1 核心文法第一階段

謙讓形目的在於讓話者降低自己的地位，來相對提高對方的地位以表示尊敬。

★ 謙讓形
- 例外動詞：需要直接背起來
- 一般動詞：套入謙讓形公式

例外動詞		專用的特殊謙讓形敬語	
行く	去	まいります	去、來
くる	來		
いる	在	おります	在
言う	説話	もうします	説話
見る	看	はいけんします	看
する	做	いたします	做
食べる	吃	いただきます	吃
飲む	喝	いただきます	喝
聞く	聽、問	うかがいます	問
訪ねる	拜訪	うかがいます	拜訪
知っている	知道	ぞんじています	知道
あげる	給（人）	さしあげます	給（您）
もらう	收下	いただきます	收下

2 核心文法第二階段

不像部分動詞一樣有著特殊形態的動詞，只要將它套入公式即可。

★ 謙讓形公式

お＋動詞連用形＋します（いたします）

- おくります ➡ お おくり します
  傳送　　　　　　　　傳送

- しらせます ➡ お しらせ いたします
  通知　　　　　　　　通知

> 💡 何時會用到謙讓語？
>
> ．．．．．．．．．．．．．．．．．．．．．．．．．．．．．．．．．．．．．．．
>
> 在日本，有陌生人或長者看起來需要幫忙時，我們該怎麼說才能有禮貌的提供
> 幫助呢？這時謙讓語就會派上用場了。
> 「拿」用日語來表示是「持つ」，只要把這個動詞套入謙讓形公式，就會變成
> 「お＋持ち＋します（いたします）」。

ご＋漢字組成的詞＋します（いたします）

- 説明 ➡ ご 説明 します
  説明　　　　我來說明

- 連絡 ➡ ご 連絡 いたします
  連絡　　　　我來連絡

3 日常生活中會用到的句子

 請一邊回想著剛學到的「謙讓形」一邊念出例句。

何か お手伝いしましょうか。

要不要我來幫您？

- -

私 が 荷物を お持ちいたします。

我來提行李。

- -

お宅まで 車で お送りします。

我會開車送您回府上。

- -

先生に お土産を いただきました。

我收下老師送的紀念品。

- -

明日 資料を 取りに うかがいます。

我明天會去拿資料。

- -

ソウルは 私が ご案内します。

我來介紹首爾。

- -

明日 ご連絡いたします。

我明天會連絡您。

- -

にもつ 行李 ｜ お宅 府上 ｜ お土産 紀念品 ｜ 資料 資料 ｜ 案内 介紹 ｜ 連絡 連絡

4 複習用小測驗

三天打魚
成功了！

✎ 請於下方空格中填入適當的平假名。

❶ 要不要我來幫您？

お［　　　　　］しましょうか。

❷ 我來介紹首爾。

ソウルは 私（わたし）が ［　　］案内（あんない）［　　　　］。

❸ 我來提行李。

私（わたし）が 荷物（にもつ）を お［　　　］いたします。

❹ 我明天會連絡您。

明日（あした） ご連絡（れんらく）［　　　　　　］。

✎ 請依照語意，排列出正確的順序。

❶ 我明天會去拿資料。

> 明日（あした） ①資料（しりょう）を ②に ③うかがいます ④取（と）り

➡ 明日（あした）

❷ 我會開車送您回府上。

> お宅（たく） ①まで ②お送（おく）りします ③車（くるま） ④で

➡ お宅（たく）

解答P.189

你完成了第十次三日學習，可以說出以下句子了哦！

★ **狀況1**

新來的員工看起來很累，我該怎麼說「要不要我來幫您？」這句話好呢？

➡

★ **狀況2**

王先生總是在公司對人很親切，讓余先生對他有了好感，余先生想要向他搭話說「您吃午餐了嗎？」，他該怎麼說才好？

➡

狀況1：なにかおてつだいしましょうか。
狀況2：おひるごはんはめしあがりましたか。

我其實是很懶的人，但還是辦到了，
因為人怎麼能輕言放棄呢？

附錄

★ 數字

0	ぜろ/れい	11	じゅういち	40	よんじゅう
1	いち	12	じゅうに	50	ごじゅう
2	に	13	じゅうさん	60	ろくじゅう
3	さん	14	じゅうよん	70	ななじゅう
4	よん/し	15	じゅうご	80	はちじゅう
5	ご	16	じゅうろく	90	きゅうじゅう
6	ろく	17	じゅうしち/じゅうなな	100	ひゃく
7	しち/なな	18	じゅうはち	1000	せん
8	はち	19	じゅうきゅう/じゅうく	10000	いちまん
9	きゅう/く	20	にじゅう		
10	じゅう	30	さんじゅう		

★ 時間

	～時／～點	～分／～分	～月／～月
1	いちじ	いっぷん	いちがつ
2	にじ	にふん	にがつ
3	さんじ	さんぷん	さんがつ
4	よじ	よんぷん	しがつ
5	ごじ	ごふん	ごがつ
6	ろくじ	ろっぷん	ろくがつ
7	しちじ	ななふん	しちがつ
8	はちじ	はっぷん	はちがつ
9	くじ	きゅうふん	くがつ
10	じゅうじ	じゅっぷん	じゅうがつ
11	じゅういちじ	じゅういっぷん	じゅういちがつ
12	じゅうにじ	じゅうにふん	じゅうにがつ
20		にじゅっぷん	
30		さんじゅっぷん／はん（半）	
幾	なんじ	なんぷん	なんがつ

★ 星期與日期

日曜日 星期日 (にちようび)	月曜日 星期一 (げつようび)	火曜日 星期二 (かようび)	水曜日 星期三 (すいようび)	木曜日 星期四 (もくようび)	金曜日 星期五 (きんようび)	土曜日 星期六 (どようび)
	1日 ついたち	2日 ふつか	3日 みっか	4日 よっか	5日 いつか	6日 むいか
7日 なのか	8日 ようか	9日 ここのか	10日 とおか	11日 じゅういち にち	12日 じゅうに にち	13日 じゅうさん にち
14日 じゅう よっか	15日 じゅうご にち	16日 じゅうろく にち	17日 じゅうしち にち	18日 じゅうはち にち	19日 じゅうく にち	20日 はつか
21日 にじゅう いちにち	22日 にじゅう ににち	23日 にじゅう さんにち	24日 にじゅう よっか	25日 にじゅう ごにち	26日 にじゅう ろくにち	27日 にじゅう しちにち
28日 にじゅう はちにち	29日 にじゅう くにち	30日 さんじゅう にち	31日 さんじゅう いちにち			何日 なんにち （幾日）

★ 時態

前天 おととい	昨天 きのう	今天 きょう	明天 あした	後天 あさって
上上週 せんせんしゅう	上週 せんしゅう	這週 こんしゅう	下週 らいしゅう	下下週 さらいしゅう
上上個月 せんせんげつ	上個月 せんげつ	這個月 こんげつ	下個月 らいげつ	下下個月 さらいげつ
前年 おととし	去年 きょねん さくねん	今年 ことし	明年 らいねん	後年 さらいねん

★ 形容詞與名詞的活用一覽表

表現 類型 接續詞 形容詞 名詞	原型 ~い／だ ~的	敬語 ~です 是~	否定形 ~くない ~じゃない 不~	連用形 ~くて ~で 既~又~、 因為~
い 形容詞	ひろい 寬	ひろいです 寬	ひろくない 不寬	ひろくて 既寬又~ （因為寬~）
	うれしい 漂亮	うれしいです 漂亮	うれしくない 不漂亮	うれしくて 既漂亮又~ （因為漂亮~）
	いい(よい) 好	いいです よいです 好	よくない 不好	よくて 既好又~ （因為好~）
	すくない 少	すくないです 少	すくなくない 不少	すくなくて 既少又~ （因為少~）
	はやい 快	はやいです 快	はやくない 不快	はやくて 既快又~ （因為快~）
い 形容詞	食_たべたい 想吃	食_たべたいです 想吃	食_たべたくない 不想吃	食_たべたくて 既想吃又~ （因為想吃~）
な 形容詞	すきだ 喜歡	すきです 喜歡	すきじゃない 不喜歡	すきで 既喜歡又~ （因為喜歡~）
	同_{おな}じだ 一樣	同_{おな}じです 一樣	同_{おな}じじゃない 不一樣	同_{おな}じで 既一樣又~ （因為一樣~）
名詞＋だ	学生_{がくせい}だ 是學生	学生_{がくせい}です 是學生	学生_{がくせい}じゃない 不是學生	学生_{がくせい}で 既是學生又~ （因為是學生~）

過去形	過去敬語	形容詞的句型 （接續名詞）	副詞的句型 （接續動詞）
〜かった 〜だった 以前是〜	〜かったです 〜でした 以前是〜	い / な / の 〜的	〜くなる / 〜になる 變〜
ひろかった 以前寬	ひろかったです 以前	ひろい＋名詞 寬的＋名詞	ひろくなる 變寬
うれしかった 以前漂亮	うれしかったです 以前漂亮	うれしい＋名詞 漂亮的＋名詞	うれしくなる 變漂亮
よかった 以前好	よかったです 以前好	いい(よい)＋名詞 好的＋名詞	よくなる 變好
すくなかった 以前少	すくなかったです 以前少	すくない＋名詞 少的＋名詞	すくなくなる 變少
はやかった 以前快	はやかったです 以前快	はやい＋名詞 快的＋名詞	はやくなる 變快
食べたかった 以前想吃	食べたかったです 以前想吃	食べたい＋名詞 想吃的＋名詞	食べたくなる 變得想吃
すきだった 以前喜歡	すきでした 以前喜歡	すきな＋名詞 喜歡的＋名詞	すきになる 變得喜歡
同じだった 以前一樣	同じでした 以前一樣	同じ＋名詞 一樣的＋名詞	同じになる 變成一樣
学生だった 以前是學生	学生でした 以前是學生	学生の＋名詞 學生的＋名詞	学生になる 成為學生

★ 動詞活用一覧表

動詞種類 / 接続詞	基本形 ~u ~う段	ます形 （丁寧形） ~ます 做~	ない形 （否定形） ~ない 不~	て形 （連用形） ~て ~後、因為~
第一類動詞	出す 取出	だします 取出	ださない 不取出	だして 取出後（因為取出）
	行く 去	いきます 去	いかない 不去	いって 去了之後（因為去了）
	書く 寫	かきます 寫	かかない 不寫	かいて 寫了之後（因為寫了）
	泳ぐ 游泳	およぎます 游泳	およがない 不游泳	およいで 游泳之後（因為游泳）
	死ぬ 死	しにます 死	しなない 不死	しんで 死了之後（因為死了）
	読む 讀	よみます 讀	よまない 不讀	よんで 讀了之後（因為讀了）
	飛ぶ 飛	とびます 飛	とばない 不飛	とんで 飛了之後（因為飛了）
	言う 説話	いいます 説話	いわない 不説話	いって 説了之後（因為説了）
	待つ 等	まちます 等	またない 不等	まって 等了後（因為等了）
	乗る 搭	のります 搭	のらない 不搭	のって 搭了之後（因為搭了）
	切る 剪（例外）	きります 剪	きらない 不剪	きって 剪了之後（因為剪了）
第二類動詞	見る 看	みます 看	みない 不看	みて 看了之後（因為看了）
	寝る 睡	ねます 睡	ねない 不睡	ねて 睡了之後（因為睡了）
第三類動詞	する 做	します 做	しない 不做	して 做了之後（因為做了）
	来る 來	きます 來	こない 不來	きて 來了之後（因為來了）

た形（過去形）	假定形	命令形	推量形、勧誘形
～た ～了	～ば ～的話	～ろ（よ） 給我～/去～	～う/よう 要～、一起～吧
だした 取出了	だせば 取出的話	だせ 給我取出	だそう 要取出、取出吧
いった 去了	いけば 去的話	いけ 快去	いこう 要去、去吧
かいた 寫了	かけば 寫的話	かけ 快寫	かこう 要寫、寫吧
およいだ 游了	およげば 游泳的話	およげ 去游泳	およごう 要游、游吧
しんだ 死了	しねば 死的話	しね 去死	しのう 要死、死吧
よんだ 讀了	よめば 讀的話	よめ 快讀	よもう 要讀、讀吧
とんだ 飛走了	とべば 飛的話	とべ 去飛	とぼう 要飛、飛吧
いった 說了	いえば 說的話	いえ 給我說話	いおう 要說、說吧
まった 等了	まてば 等的話	まて 等我	まとう 要等、等吧
のった 搭了	のれば 搭的話	のれ 去搭	のろう 要搭、搭吧
きった 剪了	きれば 剪的話	きれ 快剪	きろう 要剪、剪吧
みた 看了	みれば 看的話	みろ 快看	みよう 要看、看吧
ねた 睡著了	ねれば 睡的話	ねろ 快去睡	ねよう 要睡、睡吧
した 做了	すれば 做的話	しろ(せよ) 去做	しよう 要做、做吧
きた 來了	くれば 來的話	こい 給我過來	こよう 要來、來吧

解答

第一次三日學習
名詞・存在動詞

✏ Day 1　名詞

✎ 填入平假名。
① です　　　② でした
③ じゃない　④ でした

🔊 說看看。
① わたしは こうこうせいです。
② さとうさんは かいしゃいんですか。
③ わたしは にほんじんじゃないです。
　（＝にほんじんじゃありません。）

✏ Day 2　指示代名詞

✎ 填入平假名。
① あれ/の　　② これ/の
③ の/さいふ　④ その/のじゃ

🔊 說看看。
① いりぐちは どちらですか。
② これは にほんの おかねです。
③ トイレは どこですか。

✏ Day 3　存在・位置表現

✎ 填入平假名。
① の/に/います　② なか/いません
③ は/あります　　④ ありません

✎ 排列順序。
① えきの ❸❷❶❹
② くるまの ❸❶❷❹

第二次三日學習
形容詞

✏ Day 1　い形容詞

✎ 填入平假名。
① くて　　　② くない
③ よく　　　④ い

🔊 說看看。
① やすくて おいしいです。
② かいものは たのしい。
③ わたしの へやは せまいです。

✏ Day 2　な形容詞

✎ 填入平假名。
① な　　　② が/です
③ で/です　④ な

🔊 說看看。
① どんな たべものが すきですか。
② このこうえんは しずかじゃないです。
　（＝しずかじゃありません。）
③ えいごは あまり じょうずじゃないで
　す。（＝じょうずじゃありません。）

✏ Day 3　形容詞過去式

✎ 填入平假名。
① だった　　② かった
③ なかった　④ でした

✎ 排列順序。
① しけんは ❸❶❹❷
② きのうは ❷❹❶❸

185

第三次三日學習
動詞ます形

Day 1　動詞分類

✏ 填入平假名。
① ます　　　② を／し
③ り　　　　④ に／り

🔊 說看看。
① 本を買います。
② コーヒーを飲みます。
③ 友だちに会います。

Day 2　ます形活用

✏ 填入平假名。
① を／ました　② を／ませんでした
③ ません　　　④ に／ました

🔊 說看看。
① 今電車に乗りました。
② メールを送りました。
③ 朝ごはんを食べませんでした。

Day 3　ます形的句型

✏ 填入平假名。
① のみ　　　　② ながら／ます
③ かた　　　　④ を／に／ます

✏ 排列順序。
① レシピを ③②④①
② 手紙を ③①④②

第四次三日學習
動詞て形

Day 1　動詞て形

✏ 填入平假名。
① って　　　② かいて
③ みて／のみ　④ てから／に／ます

🔊 說看看。
① ソースをかけて食べてください。
② 明日までにメールを送ってください。
③ 山手線にのりかえて新宿駅に行きます。

Day 2　動詞て形的句型

✏ 填入平假名。
① て／ても　　② しまい
③ たい　　　　④ ては

🔊 說看看。
① 授業に遅れてはいけません。
② 早く家へ帰ってもいいですか。
③ 窓を閉めてもいいですか。

Day 3　動詞た形

✏ 填入平假名。
① たり／たり　② こと
③ ほう　　　　④ だり／します

✏ 排列順序。
① 朝ごはんは ②①④③
② 家で ②①④③

第五次三日學習
動詞ない形

Day 1 動詞ない形

✏ 填入平假名。

① に / ら　　　② なくて

③ ないで　　　④ べない

🔊 說看看。
① 今日（きょう）は学校（がっこう）に行（い）かない。
② 傘（かさ）を待（ま）たないで出（で）かけました。
③ めがねをかけなくて字（じ）が見（み）えません。

Day 2 動詞ない形的句型1

✏ 填入平假名。

① ない / いい　　② ないで

③ ら　　　　　　④ ないで

🔊 說看看。
① 約束（やくそく）を忘（わす）れないでください。
② たばこはすわないほうがいいです。
③ 無理（むり）しないでください。

Day 3 動詞ない形的句型2

✏ 填入平假名。

① く　　　　　　② なければ

③ なくても　　　④ なければ

✏ 排列順序。
① 明日（あした）❷❸❶❹
② ソースを❷❹❶❸

第六次三日學習
授受形・可能形

Day 1 授受形

✏ 填入平假名。

① くれ　　　　　② もらい

③ が / くれ　　　④ に / あげました

🔊 說看看。
① ねこに魚（さかな）をやりました。
② ゆびわをもらいました。
③ 彼女（かのじょ）にセーターを作（つく）ってもらいました。（＝彼女（かのじょ）がセーターを作（つく）ってくれました。）

Day 2 可能形

✏ 填入平假名。

① に / できます　② が / られ

③ られません　　④ たべる

🔊 說看看。
① カードでかえますか。
（＝カードでかうことができますか。）
② 日本語（にほんご）で話（はな）すことができます。
（＝日本語（にほんご）で話（はな）せます。）
③ 海（うみ）で泳（およ）げますか。
（＝海（うみ）で泳（およ）ぐことができますか。）

Day 3 進行式・狀態動詞

✏ 填入平假名。

① に / あり　　　② が / て / います

③ が / て / あり　④ います

✏ 排列順序。
① 家（いえ）の❹❶❷❸　② 今（いま）は❷❶❹❸

187

第七次三日學習
假定形・推量形

Day 1　假定形　と・ば

✎ 填入平假名。
① のめ　　　　② けれ/ても
③ け　　　　　④ べる

🔊 說看看。
① 安ければ買います。
② まっすぐ行くと駅があります。
③ このボタンを押すとカップラーメンが出ます。

Day 2　假定形　たら・なら

✎ 填入平假名。
① なら　　　　② どうしたら
③ なら　　　　④ たら

🔊 說看看。
① 温泉なら別府がいいですよ。
② 宝くじにあたったら何がしたいですか。
③ 駅に着いたら電話してください。

Day 3　推量形

✎ 填入平假名。
① しない/です　② よう
③ しようと　　④ つもり

✎ 排列順序。
① 2時の②①④③
② 来年は④①③②

第八次三日學習
推測形

Day 1　そうだ

✎ 填入平假名。
① ふる　　　　② そう
③ なさ　　　　④ むずかし

🔊 說看看。
① 彼はちょっと遅れるそうです。
② あの服は高そうですね。
③ このかばんは丈夫そうです。

Day 2　ようだ

✎ 填入平假名。
① な　　　　　② の
③ こない　　　④ みたい(のよう)

🔊 說看看。
① 先生は今日休みみたいです。
　（＝先生は今日休みのようです。）
② 風邪をひいたようです。
　（＝風邪をひいたみたいです。）
③ 熱があるようです。
　（＝熱があるみたいです。）

Day 3　らしい

✎ 填入平假名。
① あめ　　　　② しずか
③ でしょう　　④ らしい

✎ 排列順序。
① うわさでは②①④③
② あの③①②④

第九次三日學習
被動形・使役形・使役被動形

 Day 1　被動形

✎ 填入平假名。
① まれ　　　　② に / を / まれ
③ に / こられて　④ を / まれ

◀ 說看看。
① こくはくされました。
② 雨(あめ)に降(ふ)られました。
③ じゃがいもから作(つく)られました。

Day 2　使役形

✎ 填入平假名。
① を / させ　　　② に / を
③ に / を / わせ　④ も / たせ

◀ 說看看。
① 両親(りょうしん)を心配(しんぱい)させました。
② 学生(がくせい)を走(はし)らせました。
③ 子供(こども)を散歩(さんぽ)させました。

Day 3　使役被動形

✎ 填入平假名。
① せられ　　　　② され
③ に / を　　　　④ に / よませられ

✎ 排列順序。
① 子供(こども)の時(とき)❷❶❸❹
② カラオケに❷❶❹❸

第十次三日學習
命令形・敬語

 Day 1　命令形

✎ 填入平假名。
① な　　　　　　② やめ
③ れ　　　　　　④ れ / な

◀ 說看看。
① 早(はや)く寝(ね)なさい。
② それ何(なに)。ちょっと見(み)せて。
③ 机(つくえ)の上(うえ)を片付(かたづ)けなさい。

 Day 2　尊敬形

✎ 填入平假名。
① い　　　　　　② なさ
③ なり　　　　　④ かき

◀ 說看看。
① お昼(ひる)ごはんは召(め)し上(あ)がりましたか。
② 韓国(かんこく)にはいついらっしゃいしゃいますか。
③ ここにお名前(なまえ)をお書(か)きください。

Day 3　謙讓形

✎ 填入平假名。
① てつだい　　　② ご / します
③ もち　　　　　④ いたします

✎ 排列順序。
① 明日(あした)❶❹❷❸
② お宅(たく)❶❸❹❷

台灣廣廈 國際出版集團
Taiwan Mansion International Group

國家圖書館出版品預行編目（CIP）資料

堅持3天，10次學會！基礎日本語文法：三天打魚也學得會，史上最輕鬆的
日語學習法！/ 吳采炫著；張崔西譯. -- 初版. -- 新北市：語研學院, 2020.09
面；公分
譯自：작심 3일 10번으로 일본어 끝내기 기초
ISBN 978-986-98784-7-0(平裝)
1.日語 2.語法

803.16   109010857

堅持3天，10次學會！基礎日本語文法
三天打魚也學得會，史上最輕鬆的日語學習法！

作　　者／吳采炫	編輯中心編輯長／伍峻宏・編輯／尹紹仲
譯　　者／張崔西	封面設計／張家綺・內頁排版／菩薩蠻數位文化有限公司
	製版・印刷・裝訂／東豪・弼聖・紘億・秉成

行企研發中心總監／陳冠蒨	線上學習中心總監／陳冠蒨
媒體公關組／陳柔彣	產品企製組／黃雅鈴
綜合業務組／何欣穎	

發　行　人／江媛珍
法律顧問／第一國際法律事務所 余淑杏律師・北辰著作權事務所 蕭雄淋律師
出　　版／語研學院
發　　行／台灣廣廈有聲圖書有限公司
　　　　　地址：新北市235中和區中山路二段359巷7號2樓
　　　　　電話：（886）2-2225-5777・傳真：（886）2-2225-8052

代理印務・全球總經銷／知遠文化事業有限公司
　　　　　地址：新北市222深坑區北深路三段155巷25號5樓
　　　　　電話：（886）2-2664-8800・傳真：（886）2-2664-8801

郵政劃撥／劃撥帳號：18836722
　　　　　劃撥戶名：知遠文化事業有限公司（※單次購書金額未達1000元，請另付70元郵資。）

■出版日期：2022年6月2刷
ISBN：978-986-98784-7-0　　　版權所有，未經同意不得重製、轉載、翻印。

獎　狀

三天打魚成功獎

姓名：_____

受獎人學習途中不屈不撓，完成了十次的三日學習，堪稱模範，故授予此獎狀以茲鼓勵。

恭喜
學成日語
文法基礎

年　　月　　日

語研學院出版社

三天
打魚

各位完成了十次三日學習，請盡情稱讚自己吧！
延著虛線剪下來，將這張獎狀送給自己！